読者《ぼく》と主人公《かのじょ》と二人のこれから

岬 鷺宮
Misaki Saginomiya
illustration◊Hiten
design◊鈴木 亨

「――柊時子です」

「――松庵中学出身、趣味は読書です。

姉が一人います。

中学では文芸部に入っていました」

――柊時子《ひいらぎときこ》――

――トキコだ。トキコがいる。
――小説の中の彼女が、
俺の目の前に現れた。
――細野晃《ほそのあきら》――

―広尾修司《ひろおしゅうじ》―

「俺はこんなことじゃないかって思ってたけどね」

―須藤伊津佳《すどういつか》―

「もー！　なんで返事しないのよ！

心配したじゃない！」

柊ところ《ひいらぎところ》
「すまない、呼び出してしまって。
一度会っておきたかったんだ」

「……わたしが、『彼女』になるけど」

「――」
俺と柊の関係が、
取り返しの付かない形で
変えられていく。
そして、柊は。
目の前の柊時子は、
致命的な一言を俺に告げた。

だから、わたしの初恋は——

読者《ぼく》と主人公《かのじょ》と二人のこれから

岬 鷺宮
illustration Hiten

PROLOGUE
プロローグ

——曇《くも》りの日の教室が好きだ。

手の中の文庫本、開かれたページの上で『トキコ』が言う。

——日が差す隙間《すきま》がないほど雲がたれこめていて、空気に土の匂《にお》いがして、遠くで雷《かみなり》の音がしているとなお良《い》い。

そんな日は、蛍光灯《けいこう》に照らされた教室は世の中から隔離《かくり》された避難《ひなん》所みたいだ。

普段《ふだん》はよそよそしいクラスメイトも、壇上《だんじょう》で淡々《たんたん》と授業を進める先生も、同じ方舟《はこぶね》に乗った仲間みたいに思えて、懐《なつ》かしいような心強いような気持ちになる。


——ああ。

ページから顔を上げると、思わず小さく声を漏《も》らしてしまった。

わかる。俺《おれ》も時々、トキコと同じような気分になることがあった。

——その本を手に取ったのは、ほんの気まぐれだった。

中学校からの帰り道、駅前の本屋で、ずらりと平台にならぶ文庫本たちを眺《なが》めていると気になる表紙が目に入った。

淡《あわ》い色の背景に、佇《たたず》んでいる制服姿の女の子のイラスト。タイトルは、味も素っ気もなく

「十四歳《さい》」。柊《ひいらぎ》ところ、という著者名にも覚えはなかった。

けれど、そのシンプルなデザインに。アピールの足りない不器用さに。そして、表紙の少女の物憂《ものう》げな表情に妙《みよう》な引力を感じた。

――きっと俺《おれ》は、この本を好きになる。

天啓《てんけい》にも似たそんな直感。

突《つ》き動かされるようにして俺《おれ》はその本に手を伸《の》ばし、立ち読みをはじめた。

予感のとおり、「十四歳《さい》」に夢中になるのに、そう時間はかからなかった。


――気弱になっているときに限って、わたしは「すべての人の幸福」を願ってしまう。知り合いも、会ったことの無い人も、男も女も日本人も外国人も、この星で生きるすべての人が、どうか幸せでありますように。

――名前をつけたくない。付かず離《はな》れずの関係を「友達」と呼んでしまえば、淡《あわ》い好意を「恋《こい》」と呼んでしまえば、雰囲気《ふんいき》や慣例や前例によってその先にうっすらとレールを引かれてしまう。友達かくあるべし。恋《こい》かくあるべし。気にしないつもりでいたって、わたしたちはどこかそれを演じてしまう。

——特別な好意を向けられてみたい。遠く離《はな》れていても、もう二度と会えなくても、いつもどこかでわたしのことを考えていて欲しい。そんな風に思ってくれる誰《だれ》かがいれば、わたしはもう、他に何も欲しがったりなんてしない。

自分と重なる部分を見つける度《たび》、なるほどと思わされる度《たび》、意外な表現を目にする度《たび》に、心臓が強く脈を打つ。ページをめくる指に力がこもってしまう。

そして、数分の立ち読みの末。

——この胸の痛みが、わたしの生きる意味なのだと思う。

目に入ったその一文に、全身が粟立《あわだ》つのを感じた。

——「幸福」は尊い。けれど、「感動」それのみを目的とした物語を物足りなく思うように、「思い出作り」を謳《うた》うイベントに違和感《いわかん》を覚えるように、わたしは、ただ「幸福」を求める人生を美しいと思えない。

それらはそれぞれの正しさを生きた先にうまれてこそ、価値をはらむのだ。

だから、わたしは美しく生きたい。

ときに幸福に背を向けても、理想と意地と痛みを抱《だ》いて、美しく生きていきたい――。


――同じだ。

雷《かみなり》に打たれたように、そう思った。

自分と同じことを考えている「誰《だれ》か」が、ページの向こうにいる――。

ページを閉じると、俺《おれ》は小走りでレジへ向かう。

この本は、立ち読みなんかで終わらせちゃだめだ。

リビングのソファか自室のベッドか、落ち着ける場所で、一ページずつ確かめるようにして読み進めなくちゃいけない。


――この「十四歳《さい》」は、俺《おれ》の灰色の毎日を支えてくれる。

そんな確かな感触《かんしょく》を、はっきりと手の中に感じていた――。

——これは、大したことなんて何一つ起きない、わたしの毎日の物語。

（十四歳《さい》／柊《ひいらぎ》ところ著　町田文庫より）

第一章 CHAPTER01

【ミー・アイム・ノット】

——早く帰りたいな、と思っていた。

入学式と高校生活のオリエンテーションを終え、残すイベントはホームルームだけとなった午前十一時過ぎ。担任の登場を待つ、都立宮前《みやまえ》高校一年七組の教室で。

周囲のクラスメイトたちは皆浮《みなう》き足立《あしだ》っている。

近くの席の友人と話している者、そわそわと窓の外を見ている者、こっそりスマホをいじっている者、さっそく女子に声をかけている男子もいる。

ぱっと見の態度こそ違《ちが》うものの、表情には皆《みな》一様に期待の色が浮《う》かんでいるように見えた。

宮前《みやまえ》高校は、自由な校風で地域でも有名だ。

東大に進学する者や部活で全国優勝する者がいる傍《かたわ》ら、同じクラスに金髪《きんぱつ》の読者モデルやアイドル志望の女子がいたりするのだから本当に幅広《はばひろ》い。

きっとこのクラスメイトたちも、これから待ち受ける楽しい高校生活に、その先の輝《かがや》かしい未来に胸ときめかせているんだろう。

そんな彼《かれ》らを、どこか別世界の光景のように眺《なが》めていると、

「おはようございます！」

晴れやかな顔をした若い教師が教室にやってきて、ホームルームがはじまった。

「今日からこのクラスを受け持つ中岡隆太《なかおかりゅうた》です。よろしくお願いします！」

教壇《きょうだん》に立ち、選手宣誓《せんせい》みたいな口調でそう言う中岡《なかおか》担任。

年の頃《ころ》は二十代後半。糊《のり》のきいたシャツにしわ一つないジャケットを羽織った、活発な印象の青年だった。

彼《かれ》はよく練られた担任挨拶《あいさつ》を披露《ひろう》すると、

「——ということで、ここからは自己紹介《しょうかい》です！」

と宣言する。

「出席番号順に前に出て、名前と出身中学、それとそうだな……趣味《しゅみ》だとか何か一言をみんなに発表してください。時間は特に区切らないから、各自常識の範囲《はんい》でやるように。じゃあ、よろしく！」

おきまりの展開にざわつく教室内。

出席番号一番の男子が、

「えーいきなりかよー」

とまんざらでもない顔で教壇《きょうだん》に上り話しはじめる。

「えー相原淳二《あいはらじゅんじ》、桃井《ももい》二中出身っす！　えー中学では陸上部に所属していて、えー、区の大会では結構いいところまでいきました！　欲しい人には後でサインするから、遠慮《えんりょ》なく声かけてください——」

バラエティ番組の芸人のような口調に、クラスからも笑い声が上がる。

けれど俺《おれ》は、和気藹々《わきあいあい》としはじめたその空気に居心地の悪さを感じていた。

この場にいる誰《だれ》とも、深く関わるつもりはなかった。

交《か》わす会話は最少限、部活にも入らないし委員会活動も最低限。

だから、クラスメイトの名前や出身中学や趣味嗜好《しゅみしこう》特技を知ったところで、俺《おれ》には何もできない。

「――井川亜衣《いかわあい》といいます！　井草《いぐさ》三中からきました！　中学のときは部活は特にやってなかったんでしけ……あはは、いきなり噛《か》んだ。やってなかったんですけど――」

二番手の自己紹介《しょうかい》がはじまったところで、俺《おれ》は手元の文庫本に――いつもの「十四歳《さい》」に目を落とす。

柊《ひいらぎ》ところ著。不器用な文学少女「トキコ」が、さまざまなことに考えを巡《めぐ》らせながら日常を過ごす物語。

ページに書かれた文字に目を走らせた途端《とたん》、薄暗《うすぐら》かった視界の輝度《きど》が上がる。味気ない日常に生まれた、A6判サイズの救い――。

駅前の書店で買ってから、そろそろ一年になるだろうか。読み返しすぎてカバーは擦《す》り切れ、ページはよれスピンはほつれ、古本屋なら100円ワゴンにも載《の》せられないほどくたびれている。けれど、「この中に味方がいる」といううれしさは、何度読み返したって色あせない。

「――鷹島竜二《たかしまりゅうじ》……上荻《かみおぎ》中からきました……。よろしく――」

無数の擦《す》り傷がついた表紙には、あっさりしたデザインの題字と、女子中学生のイラストが配置されている。

去年の春、本屋でこの表紙を見つけたときには、奇妙《きみょう》な引力を感じたものだった。

本当に好きになる本というのは、そうなのだ。タイトルが刺《さ》さるのかデザインが目を引くのか、意識に強く焼き付いて離《はな》れない。

そして実際、中身を読みはじめた俺《おれ》はページを繰《く》る手を止められなくなった。

話を追えば追うほど、意識が物語の中にずぶずぶとはまり込《こ》んでいく。

その日のうちに読破をしたのはもちろん、少しでも長く「トキコ」の世界にいたくて、そのまま再読をはじめてしまうほどだった。

「――西尾啓介《にしおけいすけ》っす！　善福寺《ぜんぷくじ》中学からきました！　一度しかない高校生活だ、みんな楽しくやろうぜ――」

手慰《てなぐさ》みに、ページをぱらぱらとめくる。

めまぐるしく流れていく、主人公「トキコ」の日常――。

「十四歳《さい》」には、ストーリーの起伏《きふく》が全くと言っていいほど存在しない。恋《こい》に落ちるでもなく問題に直面するでもなく、トキコはやや孤独《こどく》に日常を過ごし、いろいろなことを考える。

電車の中で曇《くも》り空《ぞら》を見上げ、これからのことを不安に思うトキコ。

読まず嫌《ぎら》いしていた小説が思いの外面白《おもしろ》くて、ちょっと得した気分になるトキコ。

鏡を見ながら、自分で前髪《まえがみ》を切ったことを後悔《こうかい》するトキコ。

姉と言い合いになって一人でぽろぽろと涙《なみだ》するトキコ。

そんな彼女《かのじょ》の思考が、妙《みょう》に共感できてそのうえかわいらしいのだ。

言ってみれば「十四歳《さい》」は、トキコという一人の少女の感性や魅力《みりょく》を、ぎゅっと凝縮《ぎょうしゅく》した物語ということになるだろう。

もともと、本は読む方だった。小さい頃《ころ》から家にあった一般《いっぱん》文芸や文学に目を通していたし、今でも気になる文庫本が出れば書店で手を伸《の》ばしてみる。

それでも、ここまで一人の主人公に魅了《みりょう》させられるのは生まれて初めての、そして今のところ最後の経験だった。

「——野原由嘉里《のはらゆかり》でーす。桃井《ももい》二中からきましたー。部活はやってなかったし高校でもやる予定はありませーん——」

しかし、思いの外自己紹介《しょうかい》の進むテンポが速い。

自分の名前は「細野晃《ほそのあきら》」だから出席番号はクラスでも後半だ。

まだまだだろうと高をくくっていたけれど、もう少しで順番が回ってきてしまう。

今壇上《だんじょう》で話している怠《だる》そうな女子が自己紹介《しょうかい》を終えたら、次になんだか印象の薄《うす》い女子を挟《はさ》んで俺《おれ》の番だ。最低限言うことは決めたから、出番が来たらさっさと終わらせて席に戻《もど》ろう。失敗さえしなければ、別段それ以上は望まない。

この教室で友達を作るつもりはないし、この小説があれば。トキコさえいれば、決して退屈《たいくつ》なんてするはずがない。

そんな風に、本気で思っていた。

だから、

「――柊《ひいらぎ》　時子《ときこ》です」

出席番号、俺《おれ》の一つ前。

トキコと同じ名前だな、なんて思いながら壇上《だんじょう》に視線をやった俺《おれ》は、時が止まったような錯《さっ》覚《かく》に陥《おちい》った。

「――松庵《しょうあん》中学出身、趣味《しゅみ》は読書です。姉が一人います。中学では文芸部に入っていました」

物憂《ものう》げに伏《ふ》せられた、黒目がちで切れ長の目。

ボブヘアーの黒髪《くろかみ》と、この距離《きょり》でも長さが見て取れるまつげ。

すらりとした体軀《たいく》におろしたてのブレザーがなじみきっていなくて、白磁のような肌《はだ》には陽光が淡《あわ》く滲《にじ》んでいて、細い首筋は繊細《せんさい》なガラス細工のようで、
思わず、手の中の「十四歳《さい》」の表紙を見た。

――そっくりだった。

描《えが》かれている少女のイラストと目の前の女生徒が、同一人物かと思うほどに似通っていた。

それだけじゃない。視線を壇上《だんじょう》に戻《もど》す。端正《たんせい》な顔に似合うエメラルドグリーンの髪飾《かみかざ》り。鈴《すず》を転がすような透《す》き通《とお》った声。視線を落とし背筋を伸《の》ばした佇《たたず》まい――。

本文中、トキコ自身に関する記述がフラッシュバックする。

——もらった翡翠《ひすい》の髪飾《かみかざ》りは、昭和初期に作られたものらしい。どこのブランドでも売っていない、わたしだけの宝物。

——凜《りん》とした綺麗《きれい》な声だ。そう褒《ほ》められても、わたしはもっと違《ちが》う声に憧《あこが》れる。低い声、かすれた声、しわがれた声。そういうものにはきっとその人が送ってきた人生が刻まれている。

——教室で、クラス全員の前に立つ。前なんて見られない。だからせめて、わたしは背筋を伸《の》ばして、向けられる視線の集中砲火《ほうか》にじっと耐《た》える。

さらに、苗字《みょうじ》は「十四歳《さい》」作者と同じ柊《ひいらぎ》。考えてみれば、小説の中のトキコにも姉がいたはずで、所属していた部活も文芸部で……。

いや、細かいことはどうでもいい。

それ以上に、柊時子《ひいらぎときこ》が放つ静かな気配が——どこか気高く寂《さび》しげなオーラが、頭の中でイメージしてきたトキコそのもので。

理性だとか理屈《りくつ》だとかそういうものを飛び越《こ》えて、俺《おれ》ははっきり感じていた。

——トキコだ。トキコがいる。

——小説の中の彼女《かのじょ》が、俺《おれ》の目の前に現れた。


ぐにゃりと揺《ゆ》らぐ視界。頭を強く揺《ゆ》さぶられるようなめまい。

現実感がすうっと遠のき、代わりに不思議な感覚が、まるで物語の世界に入《はい》り込《こ》んだような感覚が意識を覆《おお》う。

「……よろしくお願いします」

そう言って小さく頭を下げると、教壇《きょうだん》を下りる柊時子《ひいらぎときこ》。

二十何度目かの拍手《はくしゅ》が教室中から上がる。

その音の中で、柊時子《ひいらぎときこ》は雨やどりに向かうような小走りで自分の席へ戻《もど》っていった。

「……おーい、次の人！」

担任のその声で、俺《おれ》はようやく我に返った。

気付けば、クラス中の視線が俺《おれ》の方を向いている。

「えーと……細野《ほその》くんか。君の番だよ！　自己紹介《しょうかい》！」

「……あ、はい！　すみません！」

慌《あわ》てて席を立ち、俺《おれ》は教壇《きょうだん》へ向かった。

＊

『――今週のぶらり歩き旅は、飛驒高山《ひだたかやま》！　飛驒《ひだ》の小京都とも呼ばれる古風な魅力《みりょく》一杯《いっぱい》の街です。前回ロケでちょーっと揉《も》めてしまった三上《みかみ》さんと土田《つちだ》さん、今回は、どんな旅を繰《く》り広げるのでしょうか――』

「おお母さん、懐《なつ》かしいな、飛驒高山《ひだたかやま》だって」

ビールを飲みながらテレビを眺《なが》めていた父さんが声を上げた。

キッチンの母さんがカウンターから顔を出し、

「飛驒高山《ひだたかやま》？　なんの話？」

「テレビで旅行してるんだよ。学生の頃《ころ》二人で行ったなー」

「ああ、テレビ。……でも、飛驒高山《ひだたかやま》なんて行ったかしら？　覚えてないわ」

「……ひどいなあ。確かにいろいろ旅行は行ったけども……」

高校から徒歩二十分。

ギリギリ東京二十三区内にある我《わ》が家《や》のリビングには、両親と俺《おれ》、飼い猫《ねこ》の「ししゃも」の全員が揃《そろ》っていた。

ソファに寝《ね》そべり思い出すのは、今日の出来事だ。

柊時子《ひいらぎときこ》。「十四歳《さい》」のトキコにうり二つの女生徒。

ずいぶんと混乱してしまったけど、今になってみればなんてことのない話な気がする。

単純に、他人のそら似だ。

ファンタジーの世界じゃあるまいし、物語の中の人間が現実に現れるなんてあり得ない。

たまたま見た目が似ていて、名前も同じだっただけだ。それだけでもすごい偶然《ぐうぜん》なんだろうけど、日本中の同い年の女子を探せば、一人くらいそういう人がいてもおかしくはない。

そもそも、俺自身《おれじしん》が冷静に柊《ひいらぎ》を見ることができていたのかも怪《あや》しい。

明日になって落ち着いて見てみれば、実際はそんなに似てなかった、なんてこともあるかも知れない。

『——おはようございます。えー飛騨高山《ひだたかやま》ということで、楽しみにしてました。今回はね、穏《おだ》やかに旅ができるといいなと思いますので、ははは、ではさっそく、行きましょうか』

「お、高山駅《たかやま》だ。なあなあ母さん、ほら、そこの売店でさるぼぼ買ったじゃないか！」

「ええ、そうだったかしら……」

「そうだよ！　ほら、あそこだよあそこ！　あの角の！　仕事運アップのさるぼぼをお互《たが》いプレゼントしたんだよ！　就職活動がはじまった頃《ころ》！」

「……うーん」

「本当に思い出せないのか……俺《おれ》の頭には、あのときの母さんの喜ぶ顔が鮮明《せんめい》に焼き付いてるのに……」

残念そうに肩《かた》を落とす父さん。

しかし、母さんはふいに気付いたような顔になり、

「……ん？ 就活のはじまった頃《ころ》に行ったの？」

「ああ、そうだよ。ちょうど三年生の終わりの頃《ころ》で……」

そこまで言うと、父さんははたと口をつぐんだ。

目を眇《すが》めると、母さんは父さんを見下ろし、

「……ねえ父さん。私たちが出会ったの、内定の出た記念会だったわよね？」

「……」

「三年生の頃《ころ》はまだ出会ってないはずよね？」

「……」

「じゃあ、脳裏《のうり》に焼き付いてるのは、誰《だれ》の顔なんでしょうね？」

「……あ、あははは。まあ、なんだ……その……」

「ずいぶん楽しい旅行だったみたいね」

「いや、それは……その……」

と、父さんはふいに俺《おれ》の方を向き、

「そ、そう言えば晃《あきら》！ 今日、あの、高校の入学式だろ？ どうだった？ うまくやれそう

か⁉」

「は？　入学式？」

あまりに無理のある話題の転換《てんかん》に、思わず耳を疑った。

「ああ、そうだ。あー、ここからの三年間はお前の将来に大きく関わるからな！　勉強でも部活でも恋愛《れんあい》でもなんでもいい、一生懸命《いっしょうけんめい》に打ち込《こ》んでおくんだぞ！　それから、早いうちから将来のこともちゃんと考えて——」

これはひどい。

失態をごまかすにしても、もっとマシなやり方があるんじゃないか。きっと本人も、自分が何を言っているかわからないでいるだろう。

「——将来と言えば、あと少しで晃《あきら》にも選挙権が与《あた》えられるな！　若者の政治離《ばな》れが叫《さけ》ばれている今だからこそ、まずはきちんと選挙に——」

話はどんどん迷走《めいそう》していく。俺《おれ》に選挙権が与《あた》えられるのなんて、あと二年も先の話だ。一体父さんは、この場をどうしたいんだ。

と、タイミング良くポケットの中のスマホが震《ふる》えた。

「……ちょっと電話」

会話を打ち切ってソファを立ち、「あ、おい、ちょっと！」とすがるような声の父さんを置いて廊下《ろうか》に出た。

ポケットからスマホを取り出しディスプレイを確認すると『「いつか」より着信中』。

……須藤《すどう》か。あまり話したくない相手だけど、夫婦《ふうふ》のいざこざに巻き込《こ》まれるよりは幾分《いくぶん》マシだろう。

「——もしもし、今大丈夫《だいじょうぶ》？」

通話ボタンを押《お》しスピーカーを耳に当てると、明るい声が聞こえてきた。

「ああ、うん、大丈夫《だいじょうぶ》」

「そう。どうだった？　高校生活初日。そっちのクラスはどんな感じ？」

「どうって」

一瞬《いっしゅん》柊《ひいらぎ》時子《ときこ》のことを思い浮《う》かべてから、

「別に普通《ふつう》だよ」

何食わぬ声色《こわいろ》でそう答えた。

「そっか。まあなら、いいんだけどさ。うまくやれてるかなーと思って」

須藤伊津佳《すどういつか》は、小学校の頃《ころ》からの知り合いだ。小学校中学校と九年間も同じクラスで、同じ宮前《みやまえ》高校に入学した今年初めてクラスが分かれた。

俺《おれ》が人との関わりを避《さ》けるようになってからも気にかけてくる数少ない人間の一人で、たまにこうして連絡《れんらく》してくる。

きっとこいつなりに、周りから孤立《こりつ》している俺《おれ》を気遣《きづか》っているんだろう。こっちはそんなこと、望んでいないというのに。

「落ち着いたら、また三人で遊び行こうよ、修司《しゅうじ》も誘《さそ》ってさ」

「気が向いたらな」

「気が向かなくても、近いうちに誘《さそ》うからね。それだけ、じゃあまたね」

「おう」

短く返事すると、ぷつりと音を残して通話は終了《しゅうりょう》した。

ため息をつき自室に入り、スマホをベッドに放り投げる。

「また三人で遊ぼう、か」

スマホに続いてわが身をベッドに横たえながら、俺《おれ》はその言葉を反芻《はんすう》していた。

どうしてまだ、そんな期待ができるのだろう。

俺《おれ》が他人と関わらなくなる課程を、一番間近で見ていたのは須藤《すどう》だっていうのに。

＊

翌朝。

始業時間ギリギリに一年七組の教室前に着いた俺《おれ》は、扉《とびら》の向こうから聞こえる音に嫌《いや》な予感を覚えていた。

何人かの生徒がガヤガヤと話している。それも、教室右側の前から四列目。自分の席がある辺りで。声の感じからすると、会話に参加しているのは四、五人ほどだろう。

……めんどうだな。

もし自分の席が占拠《せんきょ》されてたら、一声かけてどいてもらわなきゃならない。俺《おれ》はできるだけ平穏《へいおん》に、誰《だれ》ともつるむことなく過ごしたいんだ。朝っぱらからクラスメイトに声をかけなければいけないなんて、正直煩《わずら》わしかった。

げんなりしつつドアを開けると、

「――へー、上荻《かみおぎ》中バスケ部か！　あそこ強かったよね！」

「先輩《せんぱい》がすごかったからねー！　それでも松庵《しょうあん》中には負けたけど」

案の定、俺《おれ》の席の周りには男女数人の人垣《ひとがき》ができている。

ただ、不幸中の幸いと言うべきか、俺《おれ》の席はその人垣《ひとがき》の端《はし》に位置していて、誰《だれ》も腰掛《こしか》けてはいなかった。

「お、おはよう。えっとー……細野《ほその》だっけ？」

「……おう、おはよう」

席に荷物を置くと、人垣《ひとがき》の中の一人が俺《おれ》に親しげに声をかけてくる。

「すまんねー席の周り占領《せんりょう》しちゃって」

「いや、かまわんよ」

最低限の返事をしながら、鞄《かばん》から筆記用具を出し机にしまっていく。ひとまず、めんどうなやりとりや絡《から》みは避《さ》けられそうな雰囲気《ふんいき》だ。

けれど、気が付いた。

目の前の席の彼女《かのじょ》が——柊《ひいらぎ》時子《ときこ》が、困惑《こんわく》した表情で人垣《ひとがき》の一部に組み込《こ》まれていることに。

——心臓が一拍《いっぱく》、口から飛び出しそうに跳《は》ねた。

一日おいて改めて見ても、柊《ひいらぎ》はトキコのイメージにぴったりと当てはまっていた。

顔立ちはもちろん、放っている空気感も、物憂《ものう》げな顔色も想像していたとおりだ。

どうやら、昨日の俺《おれ》が見間違《みまちが》えた、というわけじゃなかったらしい。

さらに俺《おれ》は、「十四歳《さい》」の中のこんな一節を思い出す。

——成長するにつれて、わたしは臆病《おくびょう》になってしまった。

クラスメイトが天気の話やメイクの話や最近見た動画の話を一息で終える間、わたしは口にすべき一言目を探してぐるぐるとその場を回って、一人で目を回して、ばかみたい。

まさに今、目の前の柊《ひいらぎ》時子《ときこ》は「口にすべき一言目を探してぐるぐるとその場を回って」いるように見えた。

会話にどう入っていいのかわからない。そもそも、自分がなぜここにいるのかわからない、そんな表情。

おおかた、席に座《すわ》っているうちに会話の輪に取り込《こ》まれてしまったんだろう。柊《ひいらぎ》は、内面までトキコと似通っているらしい。

「あれ、そう言えば」

人垣《ひとがき》の中の一人が、柊《ひいらぎ》に視線を向ける。

「柊《ひいらぎ》ちゃん、松庵《しょうあん》中だったよね？」

「う、うん」

おずおずとうなずく柊《ひいらぎ》。

「お、じゃあ都築先輩《つづきせんぱい》ってわかる!? バスケ部で超《ちょう》強くてさ、イケメンだったから超《ちょう》人気だったんだけど」

柊《ひいらぎ》は困ったような顔でちょっと悩《なや》んだあと、

「ご、ごめん、わかんない……」

「あーまじかー」

「ていうか柊《ひいらぎ》ちゃん、元文芸部でしょ？ だとしたら、運動部の先輩《せんぱい》とかわかるわけないでしょ」

「えー、都築先輩《つづきせんぱい》有名人なんだけどなー」

流れ続ける会話の中で、一人居心地悪そうにしている柊《ひいらぎ》。

なんだか、見ているこちらまで息が詰《つ》まる思いがした。ただ、短い朝の自由時間を楽しく過ごそうとしている彼《かれ》らに悪意はないんだろう。

けれど、俺《おれ》には柊《ひいらぎ》が困る心境が手に取るように理解できてしまって、早くホームルームがはじまればいいのにと心の中でこっそり願った。

「文芸部ってことは、小説とか結構読むんでしょ？」

柊《ひいらぎ》への質問は続く。

「うん、そうだね……」

「どんな小説が好きなの？　俺《おれ》全然詳《くわ》しくないんだけど、おすすめとかある？」

「え、えっと……」

眉《まゆ》をハの字に寄せる柊《ひいらぎ》。視線を落とし、彼女《かのじょ》は真剣《しんけん》な顔で考え込《こ》みはじめる。


——「その本の、どこが好きなの」

姉にたずねられて、泣きそうになった。

わたしは、わたしのための言葉しか、小説に対して抱《いだ》くことができない。気持ちはあくまで個人的《プライベート》なもので、共有も説明もしようがないもので、だからわたしはそれを、冬ごもりするリスみたいに頭の中にしまいこんできた。

それを不誠実だと、指摘《してき》された気がした。

他人のそら似なのは、やはり間違《まちが》いないと思う。

小説のヒロインが現実に出てくるなんて、あり得ない。

それでも――目の前の彼女《かのじょ》は、柊時子《ひいらぎときこ》は、まさにトキコと同じように「共有も説明もしようがないもの」を言葉にするべく四苦八苦しているように見えて。

だから、

「……なんか、ちょっと昔の文学とか好きそうだよね」

そこで俺《おれ》が口を開いたのは、ほとんど無意識のうちにだった。

「昭和初期くらいの……あんまりこう、派手な展開があるものよりは、女性作家の、女性らしい穏《おだ》やかな作品が好きそうなイメージだな。主人公も女の人とかで……」

突然《とつぜん》声を上げた俺《おれ》に、人垣《ひとがき》全員の視線が集まった。

え、何……？　なんでこの人いきなり入ってきたの……？　とでも言いたげな表情。

けれど、その輪の中で柊《ひいらぎ》だけが、

「……う、うん」

めずらしい生き物でも見たような顔で俺《おれ》を見ていた。

「そう、だね。ちょうどそんな感じだよ……」

「……やっぱりそうなんだ。なんか雰囲気《ふんいき》的にそっち系かなって。俺《おれ》もそういう小説、結構読むし……」

口先では落ち着いている風を装《よそお》いながら、俺《おれ》は柊《ひいらぎ》の肯定《こうてい》に困惑《こんわく》していた。当たってしまった。

俺《おれ》が口にした作品の特徴《とくちょう》は「十四歳《さい》」の中でトキコが好みとしていた作品そのものだ。それほどマニアックな趣味《しゅみ》、というわけではないと思う。昭和の女性文学が好きな女子高生なんて、星の数ほどいるだろう。

けれど、見た目や雰囲気《ふんいき》、名前に小説の好みまでかぶっているとなると、偶然《ぐうぜん》にしてもなかなかのレアケースな気がする。

考えていると、ホームルーム開始のチャイムが鳴った。

人垣《ひとがき》を構成していた生徒たちが「もうかよー」「じゃあまたな」と口々に言い合いながら、自分の席に戻《もど》っていく。

柊《ひいらぎ》も、ほっとしたように小さく息をついてから——ちらりとこちらに視線を向けた。

不思議そうな、何かを探《さぐ》るような切れ長の目。

それがまた、俺《おれ》の頭の中のトキコ像とシンクロして、妙《みょう》な胸騒《むなさわ》ぎを覚えた。

＊

「——では、本日はこれで終わり。また明日！」

帰りのホームルームが終わり、クラスメイトたちがやかましい音を立てながら席を立つ。遊びに行く算段を立てる者、部活の見学へ行く約束をしている者、一人でそそくさと教室を出て行く者、そしてその中で、柊《ひいらぎ》は一人静かに荷物を鞄《かばん》にしまっていた。

トキコだったら……と、ボブヘアーの後頭部を眺《なが》めながら、俺《おれ》はぼんやりと考えていた。柊《ひいらぎ》がトキコだったら……今日のところはまっすぐ家に帰りそうだな。中学時代も部活では幽《ゆう》霊《れい》部員だったようだし、さっさと学校を出て本屋にでも寄って、気になる新刊があれば買って帰りそうだ。

そのとき、

「あっ……」

彼女《かのじょ》が何かを取り落とした。

ころころと転がり、俺《おれ》の足下《あしもと》にこつんと当たる柊《ひいらぎ》の落とし物。

反射的に、身をかがめ拾い上げてみると、

「……これは」

黒く輝《かがや》く軸《じく》に、施《ほどこ》された シンプルな金色の装飾《そうしょく》。手の平サイズの、棒状の筆記用具。万年筆だった。

——もはや、驚《おどろ》きもしなかった。

トキコも作中で、姉にもらった万年筆を持ち歩いている。それを読んだ俺《おれ》も、少ないお小遣《こづか》いを節約して、マネをして万年筆を買ったものだった。

今日は一日中、こんな調子だった。

昼休み、柊《ひいらぎ》は手作りらしいお弁当を一人でもそもそ食べていた。使っていた弁当箱は木製の小さな二段重ね。トキコも毎朝自分と姉用の弁当を作っていたはずで、同じような弁当箱を使う描写《びょうしゃ》があったように思う。

休み時間は、すべて文庫本を読むのに費《つい》やしていた。読んでいたのは、彼女《かのじょ》にしてはめずらしいのであろう海外小説「競売ナンバー49の叫《さけ》び」。その作品は、「十四歳《さい》」でもトキコが「高校生になったらチャレンジしてみたい」と興味を示していた。

最初のうちは、共通点を見つける度《たび》にドキリとしていた。あそこが似ている、ああ、ここも似ていると一人で困惑《こんわく》し続けていた。

けれど、昼休みを過ぎた頃《ころ》からは逆に「違《ちが》う点」を見つけようと必死になりはじめた。似ているところを探すから共通点が目に入るのだ。きっと俺《おれ》は、心のどこかで変な期待をしてしまっている。だから、「ここはトキコと違《ちが》う」というところを探していけば、ちゃんと見つかるはず。そう思ったのだ。

なのに、柊《ひいらぎ》はあくまで「トキコ」のイメージどおりの振《ふ》る舞《ま》いを続けた。授業中教師に指名され、旧仮名遣《かなづか》いの文章をすらすらと音読する柊《ひいらぎ》。体育の授業で、短い髪《かみ》を後ろにくくる柊《ひいらぎ》。帰りのホームルームで、ぴっと背筋を伸《の》ばして担任の話を聞いている柊《ひいらぎ》――。

そういう振《ふ》る舞《ま》いのひとつひとつが、ごく自然に「トキコ」の印象や「十四歳《さい》」の描写《びょうしゃ》に一致《いっち》していた。

わかっているのだ、小説の登場人物が現実にいるはずなんてないことは。

それでも、目の前でひたすら「トキコ」であり続ける柊《ひいらぎ》に、俺《おれ》の中で理屈《りくつ》や常識は徐々《じょじょ》に説得力を失いはじめていた。

「ごめん」

万年筆を眺《なが》めていると、柊《ひいらぎ》は申し訳なさそうにこちらを振《ふ》り返る。

「拾ってくれて、ありがとう」

小作りな顔に収まっている、印象的な大きな瞳《ひとみ》。それが今、至近距離《きょり》で俺《おれ》を見ていた。

「あ、ああ……めずらしいね、万年筆なんて……」

「うん……姉にもらったから」

「へえ、そう、なんだ……俺《おれ》も持ってるよ、同じような万年筆」

「そうなんだ。細野《ほその》くんも……」

その話に興味を持ったのか、柊《ひいらぎ》は俺《おれ》の顔をのぞき込《こ》んだ。

反射的に、俺《おれ》は彼女《かのじょ》から目をそらしてしまう。

「今朝の小説の話もそうだけど……わたしたち、好みが似てるのかもね」

――もう、気持ちを押《お》さえられなかった。

何が起きているのかはわからない。どういう理屈《りくつ》かはわからない。

それでも――俺《おれ》は目の前にいる柊《ひいらぎ》とトキコの関係を知りたい。

なにもないなら、それでいい。

「あのさ」

「……何？」

あらためて切り出すと、柊《ひいらぎ》は傍目《はため》にもわかるほどに身をこわばらせた。

「柊《ひいらぎ》が一番好きな小説って、尾崎翠《おざきみどり》の『第七官界彷徨《ほうこう》』？」

――瞬間《しゅんかん》。

柊《ひいらぎ》が、その大きな目を見開いた。

わずかに口を開け、彼女《かのじょ》はぽかんとこちらを見てから、小さな声で短く答えた。

「う、うん……」

当たりらしい。けれど、ここまではまだ偶然《ぐうぜん》の一致《いっち》がありえる範囲《はんい》だ。質問をプライベートな内容に近づけていく。

「部屋に、おばあちゃんからもらった油絵がかけてある？」

「……うん……」

「毎週、大学生がやってるミニFMの放送を聴《き》いてる？」

もはや返事は返ってこなかった。

呆然《ぼうぜん》とする柊《ひいらぎ》に——俺《おれ》は最後の質問をする。

「柊《ひいらぎ》は——『美しく生きたい』と思ってる？」

——理屈《りくつ》はわからない。どうしてそんなことが起きるのかもわからない。

それでも、この問いがわかるなら。

こんな質問をぶつけられて、意味を理解できるなら。

間違《まちが》いない。柊《ひいらぎ》は——トキコ本人だ。

微動《びどう》だにしないまま、俺《おれ》の方を見ている柊《ひいらぎ》。

しかし、数瞬《すうしゅん》ののち。彼女《かのじょ》は何かに気付いたような表情になり、

「……もしかして……」

と、ひとりごとのようにつぶやいた。

「もしかして細野《ほその》くん……あの小説を……」

「小説って、これのこと？」

俺《おれ》は机にしまっていた「十四歳《さい》」を取り出して見せた。

——直後。

柊《ひいらぎ》が目にも留まらぬ速さで手を伸《の》ばし、俺《おれ》の腕《うで》をつかんだ。

手首の辺りに感じる、ひんやりとした指の感触《かんしょく》。

「え!? ちょ、ど、どうしたんだよ……」

「来て」

切羽詰《せっぱつ》まった声でそう言い、柊《ひいらぎ》は席を立つ。

「説明するから、ついてきて」

その表情は真剣《しんけん》で。ずいぶん追い詰《つ》められているように見えて、

「……わかった」

俺《おれ》は席を立つと、黙《だま》って柊《ひいらぎ》のあとについて歩き出した。

＊

一年七組の教室を出て廊下《ろうか》を歩き、渡《わた》り廊下《ろうか》を抜《ぬ》けて階段を上がり、部室棟《とう》の端《はし》、「臨時教室」の前に着いたところで、ようやく柊《ひいらぎ》は足を止めた。

遠くから町工場の機械音みたいなドラムのビートが、気の抜《ぬ》けたクラクションみたいなラッ

パのロングトーンが聞こえる。

窓の向こうのグラウンドでは、野球部が何やらフォーメーションを組んで何かしらの練習をしていた。

周囲に人の気配はない。どうやらこの辺りは文化系の部活もほとんど使っていないらしい。

ようやく手を離《はな》してくれた柊《ひいらぎ》に、「ど、どうしたんだよ……」と恐《おそ》る恐《おそ》るたずねる。

「……読んだの？」

柊《ひいらぎ》の目が、至近距離《きょり》から俺《おれ》を見つめた。

居心地悪さに、思わず身をよじった。

「あれ、読んだ……？」

質問を重ねる柊《ひいらぎ》。

そこでようやく、彼女《かのじょ》が「十四歳《さい》」のことを言っているのだと気付いた。

「あ、ああ。読んだよ……」

「……あー……」

情けない声を出すと、柊《ひいらぎ》は両手で頭を抱《かか》えた。

白い頬《ほお》がみるみるうちに赤みを帯びていく。

「……そうだよね。いつかそういう人にも……会っちゃうよね……」

「……どういうことなんだ？」

意を決して、俺《おれ》は切り出した。

「この小説のヒロイン、トキコ……すごく、柊《ひいらぎ》にそっくりだよな。見た目も、性格も、それだけじゃなくて何から何まで……」

「そう、だね」

「万年筆のことも好きな本のことも、あの『十四歳《さい》』の中に書かれてた。部屋におばあちゃんからもらった絵があるとか、ミニFM聞いてるとか、そういうのも全部」

「……あの小説のこと、ずいぶんちゃんと覚えてるんだね」

「ああ、何度も読み返してるからな」

「何度も⁉」

突然《とつぜん》の大声に、思わずびくりと身を震《ふる》わせた。

彼女《かのじょ》は血相を変えこちらに詰《つ》め寄り、

「ど、どうして⁉」

「え、いや……すごく、好きだから」

「……えっ？」

「その、俺《おれ》、トキコの気持ち、すごくよくわかるし……あの小説、本当に好きだから」

「……そ、そっか」

言うと、柊《ひいらぎ》はようやく一歩引き小さく息をついた。

こわばっていた身体《からだ》から力が抜《ぬ》けていき、ぎゅっと握《にぎ》られていた手の平がゆるやかにほどけていく。

そして、彼女《かのじょ》はわずかに頬《ほお》を染め口元を緩《ゆる》め、

「そんなこと、初めて言われた……」

口ぶりからすると、柊《ひいらぎ》が「十四歳《さい》」を知っているのは間違《まちが》いなさそうだ。それだけじゃなく、何かしら強い思い入れがあるようにも見える。

「……えっとね」

視線を落としたまま柊《ひいらぎ》は短く言葉を探《さぐ》る。そして、逡巡《しゅんじゅん》するように視線を泳がせてから、決心した顔でこちらを向き――、

「――あれ、わたしなの」

「……は？」

「作者の柊《ひいらぎ》ところが……わたしの姉が、わたしを小説に書いたのが『十四歳《さい》』なの。だから、そこに出てくるトキコって、わたしなんだ……」

言葉から一瞬《いっしゅん》の間を置いて、俺《おれ》の頭は柊《ひいらぎ》が言うことの意味を理解した。

身体《からだ》中に走った熱は――衝撃《しょうげき》なんて、生やさしいものではなかった。

息が詰《つ》まって、頭がジンと熱くなった。手がブルブルと震《ふる》え、足から力が抜《ぬ》けていく。

頭の回転が急激に鈍《にぶ》って、視界がぼんやりと曖昧《あいまい》になる。

目の前に――トキコがいる。

その印象は間違《まちが》っていなかった。

「十四歳《さい》」は、柊《ひいらぎ》の姉が、この柊時子《ひいらぎときこ》を小説にしたもので。

俺《おれ》のクラスメイト、柊時子《ひいらぎときこ》は――「十四歳《さい》」主人公、トキコ本人だった。

「マジ……かよ」

証拠《しょうこ》を見せられたわけではない。実際に柊《ひいらぎ》の姉に会ったことがあるわけでもないし、口から出任せの可能性だってある。

それでも、俺《おれ》はシンプルに彼女《かのじょ》の言葉を事実だと確信した。

そうでもなければ、ここまで柊《ひいらぎ》とトキコが似ていることに説明がつかないのだ。

「――あ、あのさ！」

熱が体を駆《か》け抜《ぬ》け終わると、今度は興奮が喉《のど》を震《ふる》わせた。

「俺《おれ》、あの小説、すごく好きだったんだ！　本当に、これまで読んだ小説の中で、一番面白《おもしろ》かったってくらい！」

「そ、そう……ありがとう……」

白い頬《ほお》をわずかに染め、柊《ひいらぎ》は視線をそらす。

「俺《おれ》、あんまりそんな風に思うことないんだけど、トキコには本当に共感できて、言うことの一つ一つが本当に説得力があって……。仲間がいると思ったんだ」

「ありがとう……。あの小説は、中学時代の日記みたいなものだから……そう言ってもらえると、うれしい……」

「そうか、柊《ひいらぎ》にしてみれば、あれはそうだよな……。あの、具体的に言うと、えーと……そう！　『わたしと彼《かれ》らは変わらない』って話！　『【皆《みな》と違《ちが》う】と【皆《みな》と同じ】は結局他人を軸《じく》にしてる時点で同じようなものだ』っていうの！　俺《おれ》、あれ本当にそのとおりだと思って、すごく鋭《するど》いところを突《つ》かれたなって――」

「――ちょ、ちょっとストップ！」

柊《ひいらぎ》が、顔を真っ赤にしてこちらに手の平を突《つ》き出した。

「それ、恥《は》ずかしいからやめて……具体的な、中身の話は……」

「え、ああ、ご、ごめん……」

俺《おれ》は慌《あわ》てて言葉を呑《の》み込《こ》み、

「もしかしてあの本の話、あんまりしたくなかったか……？」

「……ああ、えっと、そうじゃなくてね」

柊《ひいらぎ》はしばし視線を落とし、短く言葉を探してから、

「『十四歳《さい》』の話をするのは構わないの。本当に、うまくわたしの気持ちや感覚を小説にしてもらえたなって思うし、今でもいつも、同じようなこと考えてるから……。でも、それ口に出されるのは、なんというか、録音した自分の声を聞いてるみたいな気分になっちゃって……」

「……なるほど」

なんとなく、理解できる気がした。

確かに、自分の気持ちを文章にしたものを他人に読み上げられる、というのはかなり恥《は》ずかしいことかもしれない。

テンションが上がって、余計なことをしゃべりすぎてしまった。

「……でも、本当にすごいことだよな。自分が小説の主人公になるなんてさ」

慌《あわ》てて興奮を押《お》さえ込《こ》むと、今度は素直《すなお》な感心が胸に浮《う》かんだ。

なかなか、平常心は戻《もど》ってきてくれない。状況《じょうきょう》を考えれば、当たり前ではあるけど。

「しかもあれ、結構評価されてるんだろ……？　どっかで見かけたよ、文芸評論家が絶賛してるの」

「十四歳《さい》」は売り上げこそ「そこそこ」程度であるものの、マニアックな層から確実な支持を得つつあるらしかった。実際、今でもコアな雑誌で時折小さな特集が組まれ、ネットでは知る人ぞ知る名作として熱心なレビューがいくつも投稿《とうこう》されている。

「そうだね……編集部でもちょっと評価されたみたいで、今は姉に、続編を書かないかって話が来てるみたい……」

「マジか」

「うん、まだ発売日とかは、全然未定らしいんだけど」

それは、願ってもない話だった。

俺《おれ》が唯一《ゆいいつ》「十四歳《さい》」に不満を抱《だ》いたのは、物足りないということだった。長編小説としてやや短めだった、ということもそうだし、トキコの魅力《みりょく》をこの一冊だけで終わらせてしまうのはあまりにももったいない。ぜひとも続刊が出て欲しいとずっと思っていたのだ。

「そっか。それは……楽しみだよ、すごく」

「ありがとう。姉にも伝えておく……。あ、あの、あとそれからね」

柊《ひいらぎ》は、もう一度頬《ほお》を赤く染めると、

「わたしが小説に出てることは、内緒《ないしょ》にしておいて欲しいんだ。その……ちょっと恥《は》ずかしいシーンも、あったりするし……」

「……ああ、そうか」

言われて、思い出す。

そう言えば……トキコがお風呂《ふろ》に入るシーンで、自分の体について考えるくだりがあった。膨《ふく》らんできた胸がなんだかうとましいし、もてあましてしまう、みたいなくだりが。あいにく、男性である俺《おれ》はあまり共感できなかったのだけど。

でも、そうか。

あそこで描写《びょうしゃ》されていたのは、今目の前にいる柊《ひいらぎ》の気持ちであり柊《ひいらぎ》の体なわけで——、

「――っ！」

そこまで考えて――俺《おれ》は一瞬《いっしゅん》、柊《ひいらぎ》の胸元《むなもと》に目をやってしまった。

ブラウスを押《お》し上げる、控《ひか》えめな二つの膨《ふく》らみ――。

妙《みょう》な罪悪感がこみ上げて、慌《あわ》ててそこから目をそらした。

もしかして……気付かれただろうか。胸元《むなもと》に目をやったの。

だとしたら、最悪だ。小説のお風呂《ふろ》シーンを思い出しながら胸元《むなもと》を見るとか、控《ひか》えめに言って気持ち悪すぎる。

本当に、何をしているんだろう俺《おれ》は……。

「じ、じゃあ、それだけだから……」

視線に気付いているのかいないのか、柊《ひいらぎ》は硬《かた》い声のままでそう言った。

「ごめんね、急にこんなところ連れてきて……」

「い、いや、構わないよ」

水を浴びた犬みたいに、首をブルブル振《ふ》ってみせる。

「ありがとう……じゃあ、これで……」

短く頭を下げると、柊《ひいらぎ》はくるりと振《ふ》り返り教室棟《とう》の方へ去っていった。

遠くなっていく柊《ひいらぎ》の背中。

かすかに聞こえるドラムのビートとロングトーン。

俺《おれ》の頭の中では、未《いま》だに戸惑《とまど》いがサイケデリックな模様を描《えが》いて渦巻《うずま》き続けていた。

＊

その晩は、なかなか寝付《ねつ》くことができなかった。

興奮と混乱。クラスにトキコがいる喜びと、不躾《ぶしつけ》な視線を向けてしまった後悔《こうかい》。こんなにたくさんの、そして鮮烈《せんれつ》な気持ちを同時に味わうのは生まれて初めてのことだった。

これから俺《おれ》は——どうなるんだろう。

ベッドに身を横たえながら、渦巻《うずま》く感情の中でそんなことを考えていた。

トキコと過ごすことになる、最短で一年間の時間。その中で俺《おれ》はどんな出来事に直面して、どんな経験をするんだろう。

あるいは、何も起きないのかも知れないとも思う。

彼女《かのじょ》が「十四歳《さい》」のヒロインであることは内緒《ないしょ》で、クラスでもその話はできないわけで。だとしたら、俺《おれ》たちは「ただのクラスメイト」として、何事もなく卒業までの時間を過ごすのかも知れない。自分の性格を考えればその可能性が一番高いように思える。

……まあ、それもしかたがないか。

俺《おれ》はあくまで、人と関わらずに毎日を過ごしたいんだ。

それは柊《ひいらぎ》に対しても同じなわけで、変に距離《きより》を詰《つ》めたところで結局誰《だれ》も幸せにはならない。

ため息をつき見上げた時計は、すでに午前三時を回っていた。

そして――翌朝。

寝《ね》ぼけ眼で開けた昇降《しょうこう》口の下駄《げた》箱に、小さな手紙が入れられていた。

――いろいろ考えたのだけど、ちょっと話がしたいです。放課後声をかけてください。柊《ひいらぎ》
万年筆の黒いインク。クラスの女子たちとは違《ちが》う、流麗《りゅうれい》で落ち着いた文字。

間違《まちが》いなくトキコが――柊《ひいらぎ》が書いた文字だと思った。

＊

「――ごめんね、昨日の今日でこんな風に……」

少し先を歩きながら、柊《ひいらぎ》は申し訳なさげにこちらを振《ふ》り返る。

「どうしても、ちょっと話したいことがあって……」

そう言う彼女《かのじょ》の表情は相変わらずトキコのイメージそのもので、昨日から続く不思議な感覚

に酩酊《めいてい》気味の俺《おれ》はどぎまぎしながら首を振《ふ》った。

「おう、まあいいんだけど……」

——放課後。手紙にあったとおりに声をかけると、柊《ひいらぎ》は「着いてきて」とだけ言い校舎を出て歩き出した。

繁華街《はんかがい》を抜《ぬ》け駅前を越《こ》え、辺りは住宅街に差し掛《か》かりつつある。けれど、未《いま》だにどこに向かっているのか説明がない。

どうしたいのだろう。一体何の用だろうか。

柊《ひいらぎ》の背中を眺《なが》めていると、じわりと不安がこみ上げてきた。

もしかして……「十四歳《さい》」のヒロインであることを周囲に明かさないよう、契約《けいやく》書か何かを書かされるとか？「十四歳《さい》」を出版する町田出版は、中堅《ちゅうけん》ながらも老舗《しにせ》の出版社だ。作家とその関係者を守るための仕組みはしっかりしているのかもしれない。

あるいは、柊《ひいらぎ》は昨日の俺《おれ》の視線に気付いていて「もう話しかけないで」とか言うつもりなのかもしれない。あのときの俺《おれ》は、きっと相当気持ち悪かった。

彼女《かのじょ》の性格や考え方は「十四歳《さい》」を通じてかなり詳《くわ》しく知っているはずだ。

それなのに、今日の前にいる柊《ひいらぎ》がどうするつもりなのか、どれだけ頭をひねっても全くわからなかった。

やがて、とある公園の前に着いた。

住宅街の真ん中、二五メートルプール半分ほどの大きさの児童公園。中では幼稚園《ようちえん》帰りらしい子供たちが駆《か》け回《まわ》り、母親たちがベンチで談笑《だんしょう》している。

「ここで話そう」

それだけ言うと、柊《ひいらぎ》は空いているベンチへ向かう。

その慣れた足取りを見て、ようやく気が付いた。

ここはトキコお気に入りの場所として「十四歳《さい》」にも何度か出てきた公園だ。姉とケンカしたときや落ち込《こ》んだとき、トキコはよく一人でここを訪《おとず》れぼんやりと時間を過ごしていた。

「へえ、ここが……」

「好きな作品の舞台《ぶたい》」に来たということは、これもいわゆる「聖地巡礼《じゅんれい》」になるのだろうか。あまりそういうのには興味がなかったけれど、確かにこれはなかなか感慨深《かんがいぶか》い。しかも、今俺《おれ》の隣《となり》には主人公本人がいるわけだし。

「……あ、あの、ごめんね」

柊《ひいらぎ》がぽつりと口を開く。

「こんなところまで連れてきて。でも、ちょっと学校では話しにくくて、だから……」

しどろもどろになりながら、説明する柊《ひいらぎ》。性格を考えれば、こうやってクラスメイトをどこかに連れ出すのは初めてなのかも知れない。

「あ、ああいや、かまわないよ、別に予定があったわけでもないし」

「ありがとう。でね、話したいことっていうのはね……」

柊《ひいらぎ》はうつむいたまま、しばしもごもごと口を動かす。

そして、ふいに覚悟《かくご》を決めたように顔を上げ、

「——お願いがあるんだ」

「……お願い？」

思わぬ言葉に、オウム返ししてしまった。

どういうことだ？　俺《おれ》にお願い？　やっぱり、もう話しかけないでくださいと——、

「——助けて欲しいの」

思考が一時停止した。

「あの、一晩考えて気付いたんだ。昨日の朝、細野《ほその》くん、わたしを助けてくれたのかもって。うまく話ができなくて困ってるときに、わたしが話しやすいように文学の話してくれたのかもしれないなって。あのときは、そんなの全然気付けなかったの。わたし以外にも、日本文学好きな人がいるんだなって思っただけだったんだ。けど……あれって、わたしを助けてくれたんだよね？」

「それは……」

一瞬《いっしゅん》言葉に詰《つ》まった。助けた。そう言えば聞こえがいいけれど、実際のところは「探《さぐ》りを

入れたい」という魂胆もあった気がする。柊の言うように、ただ正義感に駆られて口を出したわけではない。

「まあ、そうだな。でも本当は、柊《ひいらぎ》があんまりトキコに似てたから、どういうことか知りたかったっていうのが大きいけど……」

「だとしても、本当にすごく助かったの。わたし、いつもああやって周りの雰囲気《ふんいき》をぎくしゃくさせちゃうから。できればもうちょっとうまくやりたいなとも思っているんだけど、どうすればいいかもわからないし……」

作中でも、トキコが周囲とうまく会話できず悩《なや》むシーンがあったことを思い出す。

その悩《なや》みが解決していないことは、昨日の朝のことを思い出しても明らかだった。

「それでね、思ったんだ。細野《ほその》くん優《やさ》しいなって。出会ったばかりで、話したこともなかったわたしにそんな風にしてくれるなんて、いい人だなって」

「それは……買いかぶりだよ」

気持ちを理解している、という部分にはある程度自信があるけれど、優《やさ》しい、という部分については同意できなかった。俺《おれ》はそんなに「いいやつ」ではない。

それでも、

「そんなこと、ないと思う」

柊《ひいらぎ》は頑《かたく》なに首を横に振《ふ》った。

「あのね、わたし思うんだ。優《やさ》しい人が善人とは限らないし、善人が優《やさ》しい人とも限らない。けど……自分の優《やさ》しさに自覚のない人は、間違《まちが》いなく善人であり優《やさ》しい人だって」

「……そうか」

ずいぶんな褒《ほ》めように、実感がなくて照れることもできなかった。

けれど、その言い草に、あらためて俺《おれ》は実感する。

この思考、この発想……今俺《おれ》は、間違《まちが》いなくトキコと会話をしている。

「だから、もしよければ……細野《ほその》くん、協力して、くれないかな？　その、わたしがみんなになじめるようになるまで、今日みたいな感じだったり、他にもいろいろ、助けてもらえないかな……。できる範囲《はんい》で、お礼もさせてもらうから……」

ふらふらと視線をさまよわせ、柊《ひいらぎ》は慎重《しんちょう》に言葉を口にしている。

そして、すまなそうにこちらを見ると、

「わがまま言ってごめん。でも、ひとりじゃちょっと、どうしようもなくて……」

——わがまま言ってごめんなさい。わたしはあなたの思うような、強い子では決してないのです。

「十四歳《さい》」の作中。トキコのそんなセリフを思い出した。

それとよく似た言葉を、俺《おれ》は今、トキコ本人から向けられている——。

一度大きく息を吸い、ゆっくりと吐《は》き出した。

周りを見渡《みわた》すと、園内では相変わらず子供たちが歓声《かんせい》を上げ、母親たちが熱心に話し込《こ》んでいる。さび付いたすべりだいと、ネットのかかった砂場。どこかで宅配業者のドライバーが伝票に受取人サインを求め、どこかで自転車が金切り声を上げ急停車する。

そして、俺《おれ》の隣《となり》にいる制服姿の女生徒。

不安そうに足下《あしもと》に視線を落としている、柊時子《ひいらぎときこ》。

——言ってみれば、今いるここは「十四歳《さい》」のエピローグのその先だ。

トキコが小説の中で過ごした時間の先。

十五歳《さい》になり、高校生になった柊時子《ひいらぎときこ》の日常の一ページだ。

そこに、俺自身《おれじしん》が存在し、それだけじゃなく「助けて欲しい」と頼《たの》まれている。

彼女《かのじょ》の物語の、登場人物になろうとしている——。

……もう、頭も気持ちも追いつかなかった。

柊《ひいらぎ》が目の前に現れただけで、一生に一度あるかないかの偶然《ぐうぜん》だと思ったのに、異常事態は収まるどころか不思議な方向に発展しつつある。

……どうする？　頭の中で、俺《おれ》は自分にたずねた。

俺《おれ》はこのお願いを、受けるのか？　それとも、断るのか？

高校でも、中学と変わらず誰《だれ》とも深く関わらずにいるつもりだった。人間関係だって、できるだけ小規模で終わらせるつもりだった。

交《か》わす会話は最少限、部活にも入らないし委員会活動も最低限。

その原理に照らし合わせれば、迷うことなく断る場面だろう。

けれど、

「……わかった」

そう言って、俺《おれ》は柊《ひいらぎ》にうなずいてみせた。

「俺《おれ》にできることがあるなら、手伝うよ」

「……本当？」

「ああ、大したことはできないと思うけど……」

断れるはずがなかった。

トキコが今、俺《おれ》に助けを求めている。彼女《かのじょ》に焦《こ》がれ影響《えいきょう》を受け続けてきた俺《おれ》が、彼女《かのじょ》に必要とされているのだ。その願いを無碍《むげ》にすることなんて、俺《おれ》には絶対にできなかった。

もっと柊《ひいらぎ》のそばにいてみたい、という気持ちもあった。

彼女《かのじょ》のことを見ていたかったし、その言葉を聞きたかったし、行動を観察していたかった。

トキコのその先を見たがる読者は数え切れないほどいるだろう。そして俺《おれ》は、多分今のところこの世で唯一《ゆいいつ》その権利を手に入れることができたのだ。それをみすみす手放そうとも思えなかった。

うまくやれるような気もしているのだ。

俺《おれ》は、柊《ひいらぎ》の好みや性格をよく知っている。何せ、一年間も彼女《かのじょ》について書かれた小説を読み続けてきたのだ。他の人に同じことを頼《たの》まれれば尻込《しりご》みもしていただろうけれど、柊《ひいらぎ》が相手であれば、うまく立ち回れるような気がしていた。

どれだけ役に立てるかはわからない。

それでも、いない方がマシだった、なんてことにはならないだろう。

なら俺《おれ》は——柊《ひいらぎ》の手助けをしたい。

「ありがとう」

柊《ひいらぎ》が笑う。白く柔《やわ》らかそうな頬《ほお》を緩《ゆる》め、切れ長の目をうっすらと細めて。

まるで生まれたての赤ちゃんが初めて笑ったような、無防備であどけない笑《え》みだった。

「これから、よろしくね」

そして、俺《おれ》は気付いた。

これまで柊《ひいらぎ》は、一度も笑顔《えがお》を見せたことがなかったのだと。

——ずるをして、期待を繋《つな》いで、それをいまさら恥《は》じて声も出せない。だからわたしは、ただしかつめらしく瞬《まばた》きをする。

（十四歳《さい》／柊《ひいらぎ》ところ著　町田文庫より）

第二章 CHAPTER02

【ふれていたい】

『おーい、そろそろ三人で遊びに行こうよー！』

須藤《すどう》からラインでそんな連絡《れんらく》が来たのは、ちょうど下駄《げた》箱で校内履《ば》きに履《は》き替《か》えたところだった。通知欄《らん》に短い文章と、緑のアイコンが表示されている。

このアプリを俺《おれ》のスマホにインストールしたのは、他ならぬ須藤伊津佳《すどういつか》だ。中学二年の頃《ころ》、一足先にラインをインストールした須藤《すどう》はその便利さに感動。勝手に俺《おれ》のスマホをいじってインストールした上、アカウントを登録。須藤《すどう》ともう一人、広尾《ひろお》修司《しゅうじ》という男を友達登録してしまったのだ。

別に使わないし、と俺《おれ》はそのアプリをすぐに消去した。しかし、それに気付いた須藤《すどう》はプリプリ怒《おこ》って俺《おれ》のスマホを強奪《ごうだつ》し再インストール。その後もアプリを消す度《たび》に同じやりとりが繰《く》り返され、さすがにめんどうになった俺《おれ》は消去を諦《あきら》めた。以来、こうして時々メッセージが送られてくるのだ。

ちなみに、返事をするかしないかはそのときの気分次第。そして今回は、

「ほっとこう」

スマホをブレザーのポケットに入れると、俺《おれ》は教室に向かって歩き出した。

柊《ひいらぎ》に「助けて欲しい」と頼《たの》まれてから、一週間が経《た》っていた。

あの日以来、休み時間はできるだけ彼女《かのじょ》のそばにいて会話のサポートをするようにしていた。

例えば——、

「──柊《ひいらぎ》ちゃんさー、何かスマホゲームやってないの？　俺《おれ》らとやんない？」

「……え、ゲーム？　えっと……」

「いやー柊《ひいらぎ》はやってないだろ。スマホ自体あんまり使いこなせてない感じだし」

「……お、おう、いきなりカットインしてきたな、細野《ほその》……」

「あ、でも細野《ほその》くんの言うとおりなの……ゲームとかは、やってなくて……」


「──うわ！　柊《ひいらぎ》さんのペンケースかわいい！　これ、自分で縫《ぬ》ったの？」

「こ、これは……その……」

「ずいぶん年季入ってるし、家族のじゃね？」

「うわびびった、いきなり後ろで声出さないでよ……」

「で、でも実際家族のなんだ……母親にもらったの……」


正直なところ、効果があったのかは怪《あや》しい。できたのは最低限の「会話のフォロー」くらいで、現実的に見て「いないよりはマシ」という程度じゃないだろうか。

それに、俺《おれ》が口を出す度《たび》に毎度空気が変になるのもいたたまれなかった。考えてみれば、俺《おれ》自身が他人との関わりを避《さ》けているのだ。いきなり人のコミュニケーションを手伝おうとして、うまくいくはずがなかった。

さらに言えば、なぜか柊《ひいらぎ》自身もそれほど「人とうまくやる」のに積極的ではなかった。放っておくとすぐに本を読み出し、自分の世界に閉じこもってしまう。自分も同じようなタイプだからあまり文句は言えないし、こまめに「ありがとう」と言ってくれるのもうれしいけれど、もう少しやる気を見せてくれてもいいんじゃないかと思う。

それにしても、

「……しつこいな」

教室に向かって歩く最中《さいちゅう》、ポケットの中でラインの通知が鳴り続けていた。

多分、須藤《すどう》と修司《しゅうじ》がメッセージのやりとりを続けていたんだろう。あのトークに登録されていたのは俺《おれ》と須藤《すどう》と修司《しゅうじ》の三人だったから、二人がやりとりしているだけでこっちのスマホもブルブル震《ふる》えっぱなしなのだ。

「……ったく」

ため息をつきながらトークを確認すると、これまでやりとりされたメッセージがずらっと表示された。

シュウジ『いいねえいいねえ！　久しぶりにどっか行きたいな！』

いつか『でしょ？　私カラオケ行きたいんだよねー。最近全然行けてないから』

いつか『(「どう?」と犬が首をかしげているスタンプ)』
シュウジ『カラオケいいんじゃん?　俺《おれ》も行きたい!』
いつか『細野《ほその》はどう?　カラオケでいい?』
いつか『ていうか既読《きどく》になってないじゃん』
いつか『あいつ、見てないな』
シュウジ『いや、最初のだけ既読《きどく》2になってる』
いつか『ほんとだ!　スルーしてるんだな!』
いつか『こらー!　ちゃんとメッセージ確認しなさい!』
いつか『(怒《いか》り顔の犬のスタンプ)』
シュウジ『(怒《いか》り顔のアメコミヒーローのスタンプ)』
いつか『あ、既読《きどく》になった!』
いつか『今見てるな!　こら細野《ほその》!　返事しなさい!』
いつか『おーい!』
シュウジ『おーい!』

　もう一度スマホをポケットにしまった。まだ通知はやまないけれど、そのうち収まるだろう。
まともに相手をしていると、本当にカラオケに連れ出されかねない。

教室についた。扉《とびら》を開け自分の席に向かうと、
先に登校していた柊《ひいらぎ》が、読んでいた文庫本から顔を上げた。

「おはよう」

「おう、おはよう」

あの日以来、朝一番で柊《ひいらぎ》に挨拶《あいさつ》をするのがこのところの日課になっていた。中学時代は一言も口を開かないまま学校を出ることもあったから、我ながら驚《おどろ》きの変化だなと思う。

変化ついでに、俺《おれ》は最近の懸念《けねん》を柊《ひいらぎ》にぶつけてみることにした。

「しかし、どうするかね」

「何が?」

「いやさ、助けるなんて話にはなったけど……結局今のところ、会話のフォローくらいしかしてないだろ?」

しかも、それもあまりうまくいっていないし。

「それは、そうだね」

「もうちょっと、何かしなくていいのか?」

「んー」

文庫本を机に置き、考える柊《ひいらぎ》。

「確かに、もうちょっといろいろあった方がいいかなとは思うけど……徐々《じょじょ》に、じゃないとち

ょっと怖《こわ》いかな。いきなり全然違《ちが》うタイプの人と遊びに行く、とかは無理だし……」

「ああ、それはきびしいよな……」

柊《ひいらぎ》が全然違《ちが》うタイプのやつらと、例えばクラスのギャル連中と遊びに行くところを想像して、笑いそうになってしまった。

もしそうなったら、柊《ひいらぎ》も派手なメイクをしたりプリクラで盛ったりするんだろうか。それはそれで、ちょっと見てみたい。

「だから、もうちょっと段階を踏《ふ》んで、ゆっくり自然にやっていけたらいいかなって……」

柊《ひいらぎ》はうかがうような視線でこちらを見ると、

「ごめんね、注文が多くて……」

「……いや、いいんだけどさ」

平静を装《よそお》ってそう返しながら、俺《おれ》は柊《ひいらぎ》のすまなそうな表情に奇妙《きみょう》な感慨《かんがい》を覚えていた。

改めて、ずいぶんと突飛《とっぴ》な展開になったものだ。

あれから一週間経《た》ったけれど、未《いま》だに夢を見ているような気分が抜《ぬ》けなかった。

トキコと知り合いになり、毎日会話をするようになってしまった。こんなこと「十四歳《さい》」を読んだばかりの俺《おれ》に伝えたら絶対に信じないだろう。未《いま》だに俺《おれ》だって「そのうち突然《とつぜん》ベッドの上で目が覚めるかも知れない」と思っているのに。

柊《ひいらぎ》と出会ってからも、何度か「十四歳《さい》」は読み直していた。

それまで頭の中の存在でしかなかったトキコが具体的な存在である柊《ひいらぎ》に置き換《か》わったことで、読んでいるときの感覚も大きく変わった気がする。その考えや発言を、一層リアルなものに感じるようになった、というか。

柊《ひいらぎ》が現れて現実世界が夢のようになったのとは逆に、夢だった小説世界が、一歩現実に近づいたということなのかも知れない。

そんな思考をぶった切るようにして、

「――あーいた！　細野《ほその》ーー！」

「なんだよ、普通《ふつう》に登校してるんじゃん」

現実の権化《ごんげ》みたいな二人がやってきた。

教室入り口で響《ひび》く声に、ため息を漏《も》らしつつ視線をやると、

「もー！　なんでライン返事しないのよ！　病気か何かかって心配したじゃない！」

「俺《おれ》はこんなことじゃないかって思ってたけどね」

小動物みたいな顔に憤怒《ふんぬ》の表情を貼《は》り付けた須藤伊津佳《すどういつか》と、若手俳優と見まごうばかりの高身長好青年、広尾修司《ひろおしゅうじ》がこちらにやってくるところだった。

視界の片隅《かたすみ》で、柊《ひいらぎ》が体をこわばらせるのが見えた。

「ちょっと、読んだでしょライン！」

「……まあ、読んだけど」

俺《おれ》の前に立ちはだかった須藤《すどう》に、しかたなく答える。

「だったら返事してよ！　クラス分かれちゃったんだから、前みたいに直接話すのも大変だし！」

「そこまでして話さなくていいだろ。お互《たが》い自分のクラスでうまくやればいいんじゃないか？」

「なんだよつめたいなー！　同小同中のよしみじゃない！」

腰《こし》に手を当て胸を張り、プリプリ怒《おこ》っている須藤《すどう》。威圧《いあつ》感を与《あた》えようとしているらしいけれど、なにぶん背が百五十センチ前後なので全く迫力《はくりょく》がない。頭の両サイドにくくった髪《かみ》がぴょこぴょこゆれるのも、彼女《かのじょ》の言動をコミカルに見せていた。

まあ、これはこれで一部の男子に人気らしく、明るい性格もあってなかなかにモテるらしいのだけど。

「しかし、細野《ほその》だけ別のクラスになっちゃうとはねー」

須藤《すどう》の背後で、修司《しゅうじ》が空いている席に腰掛《こしか》けつつ困ったように笑う。

「十年連続同じクラスの夢は途切《とぎ》れちゃったね」

「俺《おれ》はそんな夢見たことなかったけどな……」

そんな会話の最中にも、クラスの女子の視線が修司《しゅうじ》に集まっていく。

こいつは例えるならば「モデル上がりでドラマにも出演しはじめ、奥様《おくさま》たちから熱い視線を浴びる二枚目俳優」的なルックスの持ち主だ。そのうえ、性格も物腰《ものごし》も落ち着いていてコミュニケーション能力もかなり高い。そりゃ女子も放っておかないだろう。

「でも、実際どう？　クラスで友達できた？」

「いや……友達とかは……」

答えながら、ちらりと目の前の席に目をやってしまった。

今の関係を「友達」と呼んでいいのかはわからないけれど、このクラスで一番会話しているのは間違《まちが》いなく柊《ひいらぎ》だろう。

そして、修司《しゅうじ》もその視線に目ざとく気付き、

「もしかして、そっちの子と仲良くなったの？　さっきも話してたみたいだったよね」

「えっ！　マジで⁉」

表情の怒《いか》りをさっと好奇心《こうき》で塗《ぬ》り替えると、須藤《すどう》は柊《ひいらぎ》の方に身を乗り出した。

「はじめまして、私、二組の須藤伊津佳《すどういつか》って言います！　細野《ほその》とは、小学校のときからの友達です！」

「俺《おれ》は広尾修司《ひろおしゅうじ》です。同じく、小学校の頃《ころ》からの友達です」

「あ、は、はい……柊時子《ひいらぎときこ》です」

柊《ひいらぎ》は完全に引いていた。

「よろしくお願いします……」

細い肩《かた》には力が入り、今にもその場から逃《に》げ出しそうな表情だ。

それに気付いているのかいないのか、須藤《すどう》はにへらと笑《え》みを浮《う》かべ話を続ける。

「細野《ほその》って愛想《あいそ》悪いでしょー。でも、悪いやつじゃないからね。仲良くしてやってね」

「う、うん……いい人なのは、わかるよ」

そして修司《しゅうじ》まで、

「へー、細野《ほその》、本当に友達ができたんだね。よかったよ。もしかしたらひとりぼっちかもって心配してたからさ」

余計なお世話だ。思ったけれど、口には出さないでおいた。

しかし、改めてこいつらは本当にすごいな。もちろん、いい意味でもわるい意味でも。今回は主にわるい方で。

初対面の女子にいきなりここまで踏《ふ》み込《こ》むなんて、なかなかできることじゃない。こういう屈託《くったく》のなさは、恵《めぐ》まれた素地を持った人間だけが得ることのできる特権だと思う。トキコも「十四歳《さい》」の中で同じようなことを言っていた。

「――そうだ！」

ふいに須藤《すどう》が、答えを思い付いたクイズ回答者みたいな顔になる。

そして、一層柊《ひいらぎ》の方に身を乗り出し、

「柊《ひいらぎ》さんも放課後、カラオケ行かない？」

「は⁉」

驚《おどろ》きの声を上げたのは、俺《おれ》だった。

「ちょ、須藤《すどう》……お前、いきなり何言って……」

初対面の人間を遊びに誘《さそ》うなんて、しかも結構ハードルの高いカラオケに誘《さそ》うなんて、何を考えてるんだこいつは。

柊《ひいらぎ》はどう考えたって歌なんて歌わないタイプだ。そもそも完全に引いてるし、さっきからずっとうつむいているし、OKなんてするはずがない。

「えーいいじゃん。せっかく高校生になったんだし、いろんな人と遊びたいし。修司《しゅうじ》も柊《ひいらぎ》さん、誘《さそ》いたいでしょ？」

「そうだねー。ずっといつもの三人でもあれだしね。新たなメンバーが加わるのも、楽しそうでいいかな」

「あのさ、二人ともいいかげんに……柊《ひいらぎ》、気にしなくていいからな」

これ以上二人に言っても無駄《むだ》だろう。そっちは諦《あきら》めて、俺《おれ》は柊《ひいらぎ》のフォローに回ることにする。

「ちょっとこいつら、人との距離《きょり》感が近いところがあるんだよ。だから別に、カラオケなんて行かなくていいから」

見れば、柊《ひいらぎ》は視線を落としたまま、何か思い詰《つ》めているような表情だった。この状況《じょうきょう》が本気で辛《つら》くなってきたのかも知れない。

クラスメイトと会話するだけであんなに困惑《こんわく》した様子だったんだ。いきなりこんな風に誘《さそ》われて、平気でいられるはずがない。

「とりあえず二人とも、今日のところは諦《あきら》めてくれよ」

もう一度、俺《おれ》は須藤《すどう》たちに向き直った。

「遊びに行く件はまた考えるから。でも、それに柊《ひいらぎ》を巻き込《こ》むのは――」

「――行く」

隣《となり》から聞こえた声に、俺《おれ》は耳を疑った。

「わたしも……カラオケ行きたい」

見れば――柊《ひいらぎ》が、覚悟《かくご》を決めたような表情で須藤《すどう》たちを見上げていた。

「おーいいねー柊《ひいらぎ》さん！」

「よし、じゃあ放課後は四人で決まりだね！」

「いやいやちょっと待ってって！」

盛り上がる二人はとりあえず放っておいて、俺《おれ》はもう一度柊《ひいらぎ》の方を向いた。

「ちょ、いいのかよ？　カラオケだぞ？　普通《ふつう》に遊びに行くだけじゃなくて」

「うん……」

「さっき柊《ひいらぎ》、もっと段階踏《ふ》んで頑張《がんば》りたいって……」

あの柊《ひいらぎ》が……「十四歳《さい》」のトキコがカラオケに行くところなんて、想像もできなかった。

作中でも、トキコが好きな歌について語っているところはあったはずだ。割とオシャレな洋楽と、サブカル臭《しゅう》のする日本の女性シンガーが好きだと書いていたから、一人で部屋でこっそり歌うことなんかはあるのかも知れない。

それでも、まさか須藤《すどう》と修司《しゅうじ》と一緒《いっしょ》にカラオケで歌うなんて……。

「十四歳《さい》」を読んでいる限りは、そんなことをするタイプだとは到底《とうてい》思えなかったのに……。

「でも、このチャンスを逃《のが》したら、次はなかなかないと思うから……。二人とも、すごくいい人みたいだし」

そう言う柊《ひいらぎ》の声には、強い決心が感じられた。

「だから、わたしも行きたい……」

こうなったら、もう意見は変えられないだろう。この子の意志は、きっとそう簡単にねじ曲げられるものじゃない。そんな強情《ごうじょう》さも「十四歳《さい》」の中では魅力《みりょく》的に映ったのだ。

……となると、俺《おれ》もこれ以上は逃《に》げられないか。

須藤《すどう》たちの輪の中に柊《ひいらぎ》一人を放り込《こ》むなんて、さすがにそんなことはできない。「助けて欲しい」と頼《たの》まれている以上は、同行くらいはした方がいいだろう。

「……わかったよ」

深いため息をつき、渋々《しぶしぶ》うなずいた。

「俺《おれ》も行くよ、カラオケ……」

＊

二時間ドリンクバー付きお一人様１４３０円です。お部屋はエレベーター上がって三階奥《おく》の右手ですドリンクバーはお部屋出てすぐの右手ですどうぞごゆっくり。

隣町《となりまち》にあるカラオケ店。

受付バイト店員の機会音声めいた案内を聞き終えると、俺《おれ》たちは狭《せま》いエレベーターにひしめき合うようにして乗りこんだ。

「トッキー、こういう店初めて？」

不健康な色合いの蛍光灯《けいこう》に照らされながら、変なニュアンスを含《ふく》んだ言葉で須藤《すどう》が柊《ひいらぎ》にたずねる。いつの間にかあだ名まで決まっていたらしい。

「う、うん……そうだね」

「細野《ほその》はどれくらいぶり？　一年くらいもう来てない？」

「……いや、多分三年ぶりくらい」

「マジかー。……ってそれ、中学入ってすぐ私が無理矢理つれてったときじゃん！　あれから来てなかったの⁉」

「……別に行きたいと思うこともなかったしな」

「どれだけ外界との接触《せっしょく》絶ってたの！」

「カラオケ行かなかっただけでそこまで言われるのかよ……」

「……あ、あの、細野《ほその》くん」

柊《ひいらぎ》が、消え入りそうな声で俺《おれ》を呼ぶ。

「その、いろいろ教えてね……わたし……本当に何もわからないから……」

こちらを見上げる柊《ひいらぎ》は、なんだか試験直前の受験生みたいな顔をしていた。

その表情に、不安がぶり返してくる。

本当に大丈夫《だいじょうぶ》なんだろうか。勢いで来てしまったけれど、これからの二時間、柊《ひいらぎ》は辛《つら》い思いをすることなく乗り切れるんだろうか。

二人と知り合いである俺《おれ》ですらちょっと気が滅入《めい》っているのだ。言ってみれば、柊《ひいらぎ》は初対面の二人、出会って間もない一人と密室の中で歌を歌わなきゃいけないわけで。強がってここまで来たことを、今になって後悔《こうかい》しているんじゃないだろうか。

「……おう、任せとけ。一応一通りはわかるから」

定員五人の空間の中で、俺《おれ》は密《ひそ》かに決意を固める。

柊《ひいらぎ》を助けられるのはこの場では俺《おれ》一人だけなんだ。こうなったら、俺《おれ》が柊《ひいらぎ》をアシストしてやらないと。

年季の入ったエレベーターは、俺《おれ》の不安に連動するようにグオングオンとあやしい音を立てていた。

「えっとまず、これがリモコンなんだけど」

部屋に入ると、俺《おれ》は柊《ひいらぎ》にカラオケ用リモコンの説明をはじめた。

普段《ふだん》ゲームセンターなんかに行くこともないから、こういう機械は苦手らしい。

「これ、このペンで押《お》すと文字とか打ち込《こ》めるから、曲名で検索《けんさく》するときはこっち、歌手名で検索《けんさく》するときはこっちのボタンを押《お》す。で、歌いたい曲を選んで予約ボタンを押《お》せばＯＫ」

「う、うん……。こっちのキーとかテンポっていうのは？」

「ああ、キーっていうのは声が高い人とか低い人用に、曲全体の音程を上げたり下げたりできるんだよ。テンポは曲の速さを変えられるようになってる。最初は初期設定のままで歌うのがいいいと思う」

「わかった……やってみる」

難しい顔をして、柊《ひいらぎ》はリモコンとにらめっこをはじめた。

「よーし、ということで！」

講義が終わるのを見届けた須藤《すどう》は、勢いよくマイクを引っつかんだ。

「思いっきり歌うぞー！　時間短いからね、どんどん予約入れてこう！　細野《ほその》とトッキーも、ここからは早い者勝ちだよ！」

どうやら、俺たち《ビギナー》に配慮《はいりょ》する気はないらしい。この無邪気《むじゃき》な遠慮《えんりょ》のなさも人気者特有の強みだよなと思う。まあ、順番に強制的に歌わされるのよりはずっといいのだけど。

通された部屋は、四、五人で使うのにちょうどいいサイズの小部屋だった。

北に大きく開いた窓から街並みが見下ろせる。

並んでいる合皮のソファにはひびが入っていて、壁《かべ》の照明は黄ばみはじめていて、漂《ただよ》う空気はたばこ臭《くさ》くて、ドアの塗装《とそう》は一部はげていて、こんなところに柊《ひいらぎ》がいるのは、妙《みょう》にちぐはぐな光景だった。

ひとまず気持ちを落ち着かせよう。

持ってきた薄《うす》いドリンクを一口飲んだところで、早くも須藤《すどう》が入力した一曲目が大音量で流れ出した——。


——須藤《すどう》のアイドルソングが終わると、続いて修司《しゅうじ》がラップ混じりの歌もの曲を披露《ひろう》した。

二人ともカラオケにはよく来ているのか、盛り上げ方も歌い方も手慣れている。リモコンを握《にぎ》りしめそれを眺《なが》めていた柊《ひいらぎ》は、驚《おどろ》きと焦《あせ》りの混じった顔で「すごい……」とこぼしていた。

さらに、「早い者勝ち宣言」のとおり須藤《すどう》と修司《しゅうじ》は二巡目《じゅん》の歌に入る。一方柊《ひいらぎ》は思い詰《つ》めたようにリモコンに視線を落とし、じっと何かを考えていた。

「……無理しなくていいからな」

柊《ひいらぎ》のそばに寄り、小さめの声で彼女《かのじょ》に言った。

「多分あいつら、柊《ひいらぎ》が歌わなくても急《せ》かしたりはしないし、自分のペースでやればいいから」

「……う、うん」

顔を上げ、柊《ひいらぎ》が小さくうなずく。

「ありがとう。でも、できるだけ頑張《がんば》りたいから……」

「……まあ、それならいいんだけど」

なぜだろう。今回のカラオケに関して柊《ひいらぎ》はちょっと強情《ごうじょう》だ。きっと何かしら思うことがあるんだろう。それが何かはよくわからないけれど、俺《おれ》も変にかばったりしすぎない方がいいのかもしれない。

「……となると」

俺《おれ》はテーブルに置かれたリモコンを手に取り、画面をペンでつつきはじめた。

ここらで一曲歌っておこうか。

多分、柊《ひいらぎ》が歌い出すまでにはまだしばらく時間がかかるだろう。なにやら強情《ごうじょう》になっているとは言え、俺《おれ》が先に歌った方が気が楽なのは間違《まちが》いないはず。柊《ひいらぎ》が歌い出すハードルは少しでも下げてやりたかった。

思い付いた歌手の名前を、小さなペンでぽちぽちと打ち込《こ》んでいく。

と、テクノポップグループの新曲を歌っていた須藤《すどう》が驚《おどろ》きの声を上げた。

「——おっ！　トッキー！　早くも参戦ですか！」

顔を上げると、歌詞の表示されている画面の右上に、こんな文字が表示されている。

——予約完了《かんりょう》『カプチーノ』

まさかと思って隣《となり》を見ると、柊《ひいらぎ》がリモコンをカラオケ機に向けこくりとうなずいていた。

「うん……ちょっと頑《がん》張《ば》ってみた」

……マジか。ずいぶんと思い切ったな。

でも、大丈夫《だいじょうぶ》なのか？　なんだか、切腹前の武士みたいな顔をしているけど。

須藤《すどう》の曲が終わり、マイクが柊《ひいらぎ》に渡《わた》される。

柊《ひいらぎ》はあからさまにぎくしゃくした動きでそれを受け取り、「あ、あ」と短くマイクチェックした。顔は緊張《きんちょう》にこわばり声は震《ふる》え、見ているこっちが気の毒になるほどの緊張《きんちょう》具合だ。

やっぱり大丈夫《だいじょうぶ》じゃないんじゃないか。

そんなになるならもうちょっと様子を見ていればよかったのに。別に誰《だれ》も、早く歌えと急《せ》かしていたわけでもないのに。

柊《ひいらぎ》の心境を斟酌《しんしゃく》することなく、カラオケ機は無情にも次の曲を読み込《こ》む。

タイトルが画面に表示される。

——カプチーノ

作中に出てきたから聴《き》いたことがあったけれど、この曲は冒頭《ぼうとう》から歌のあるタイプだ。

カラオケにおいて、そういう曲の歌い出しにはコツが必要になる。初心者の柊《ひいらぎ》にはちょっと厳しい選曲じゃないだろうか。

案の定、流れ出したコードとカウント音に柊《ひいらぎ》は困惑《こんわく》顔になった。

そして、イントロから数秒したところで事態に気付き——柊《ひいらぎ》が歌い出した。

——ボックス内の空気が歪《ゆが》んだ。

非常に、前衛的だった。

有《あ》り体《てい》に言えば——へただった。

スピーカーから流れ出す柊《ひいらぎ》の歌は、カラオケ初体験ということを差し引いてもちょっとびっくりするくらい外してしまっていた。

ふらふら上下するも、いつまで経《た》っても正解にたどり着かない音程。そうこうするうちにリズムがずれ、歌詞を間違《まちが》え、だんだんなにをしているのかわからなくなってきていた。

これは——すごい。ここまでの人は、ちょっと見たことがない。

しかし、なんだろう。

それでも一生懸命《いっしょうけんめい》な顔で、なんとか歌おうとしている柊《ひいらぎ》。顔を真っ赤にし目をふらふらと泳がせ、両手でぎゅっとマイクを持っている彼女《かのじょ》。

「……かわいい」

隣《となり》の須藤《すどう》が、ポロリとそんな言葉をこぼした。

「なんだろ、なんかトッキー、すごくかわいいんだけど……」

「だな……」

修司《しゅうじ》も、困惑《こんわく》気味の表情で柊《ひいらぎ》を見ていた。

「なんか、応援《おうえん》したくなるというか、なんだろうな……」

俺《おれ》も同感だった。あまりに下手すぎるとリアクションに困りそうなものだけれど、柊《ひいらぎ》の歌には不思議な魅力《みりょく》があった。

ずっと聴《き》いていたいというか、動画に撮《と》って延々眺《なが》めていたいというか、そういう類いの魅《み》力《りょく》が。

歌は技術だけじゃないだとか、心がこもっていればいい、みたいな意見はよく聞く。けれど、うまくもない上に心もこもっていない歌にこんなにも惹《ひ》かれるのは初めてだった。

「ご、ごめん下手で……」

あっという間に曲は終わり、顔を真っ赤にして柊《ひいらぎ》はマイクを置いた。

「歌い慣れてなくて……ていうかわたし、音楽の授業も苦手で……」

「いや、なんか、よかったよ」

しみじみと、しかししっかりとした熱量を込《こ》めて須藤《すどう》が言った。そしてそれに、真面目な顔の修司《しゅうじ》が続く。

「ずっと歌ってて欲しいよね、柊《ひいらぎ》さんに」

「俺《おれ》も同感」

珍《めずら》しく、俺《おれ》もその発言には同意しておいた。

「え、そ、そんなの恥《は》ずかしいよ……」

柊《ひいらぎ》は一層顔を真っ赤にすると、ソファの上でもじもじと体をよじった。

「さて、曲が途切《とぎ》れたよ！　誰《だれ》か歌おう！　ていうか細野《ほその》はまだ歌ってないじゃん！」

リモコンを拾い上げ、たしたしといじりながらそう言う須藤《すどう》。

みんな柊《ひいらぎ》の曲に聴《き》き入《い》りすぎて、予約ができていなかったらしい。

「わかったよ……」

俺《おれ》はため息をつくと、候補として考えていた曲の中から一つを選び、予約ボタンを押《お》した。

即座《そくざ》に流れ出すイントロ。マイクを持ち、俺《おれ》は小さく咳払《せきばら》いする。

さあ、歌い出しだ。

散々渋《しぶ》ってはきたけれど、実はちょっとばかり歌には自信があるのだ。

＊

「あ、細野《ほその》くんも何か飲む？」

トイレから戻《もど》る途中《とちゅう》、ドリンクバーの前で紅茶を注いでいる柊《ひいらぎ》にばったり会った。

「結構歌ったし、喉渇《のどかわ》いたよね」

「ああ、そうだな。じゃあコーヒー頼《たの》もうかな、ホットで」

「わかった。……これがホットのカップだよね」

言いながら、柊《ひいらぎ》はトレーの中のカップを手にとり、サーバーからコーヒーを注ぎはじめた。

二人して、じょろろと音を立てて注がれる黒い液体を眺《なが》めていると、

「……はぁ……」

ふいに柊《ひいらぎ》が深くため息をつく。

「……どうしたよ？　やっぱりきつくなってきた？」

「そうじゃないよ」

注ぎ終えたカップをこちらに差し出すと、柊《ひいらぎ》は恨《うら》めしそうに唇《くちびる》をとがらせた。

「まさか細野《ほその》くんがあんなにうまいなんて。なんだかちょっと、裏切られた気分。仲間だと思ってたのに……」

「あ、ああ、ごめんごめん」

柊《ひいらぎ》からコーヒーを受け取りながら、照れくささに頭を掻《か》いた。

「歌だけは、数少ない得意分野でさ……。でも本当に、柊《ひいらぎ》の歌も良かったよ。お世辞とかじゃなくて」

「ほんとかな……」

言うと、柊《ひいらぎ》はすねたような表情のままストローに口をつけ、アイスティーを飲んだ。

部屋の中からは、修司《しゅうじ》が歌う声と須藤《すどう》のタンバリンが聞こえている。あいつらは、俺《おれ》たちがいなくとも十二分に盛り上がれるらしい。その屈託《くったく》なさがうらやましいと同時に、他の世界の存在である証明のように思える。

「ていうか、本当に大丈夫《だいじょうぶ》か？」

どうしても気がかりで、俺《おれ》は改めて柊《ひいらぎ》にたずねた。

「頑張《がんば》るのは偉《えら》いと思うけど、やっぱり苦手だったら早めに出てもいいんだからな」

カラオケがはじまって一時間ほどが経《た》っていた。柊《ひいらぎ》もすでに三曲ほど歌っていたけれど、その度《たび》に顔を真っ赤にしソファの上で消え入りそうに小さくなっていた。やっぱり、無理しているんじゃないか。須藤《すどう》と修司《しゅうじ》に気を遣《つか》って、しかたなく彼《かれ》らに付き合っているんじゃないか。

そんな気がしてしかたないのだ。

「ううん、大丈夫《だいじょうぶ》だよ」

ボブヘアーを揺《ゆ》らしながら、しかし柊《ひいらぎ》はふるふると首を振《ふ》った。

「まだちょっと緊張《きんちょう》するけど……やっぱり頑張《がんば》りたいし。もうちょっと慣れれば、楽しくなると思う」

その口調はとても自然で、決して嘘《うそ》とは思えない言いぐさで、

「そっか、ならいいんだけどさ……」

小さく息をつくと、俺《おれ》は一口コーヒーを飲んだ。

「それにしても、暑いね……」

手の平を団扇《うちわ》に顔をあおぐ柊《ひいらぎ》。見れば、その手のアイスティーにも氷が山盛りで入れられていた。

「歌うのって、こんなに体力使うんだ……。汗《あせ》かいたから、ブレザー部屋に置いてきちゃった……」

言われて気が付いた。いつの間にか柊《ひいらぎ》、ブレザーを脱《ぬ》いでブラウスとスカートだけになっている。

「だな……。プロの歌手とかも、ワンマンライブの間に何キロかやせたりするらしいよ」

「へえ、ダイエットにもなるんだね……」

さらに柊《ひいらぎ》は、ブラウスに手を伸《の》ばし胸元《むなもと》をつまみ、ぱたぱたと引っ張って服の中に空気を入れはじめた。

強調される身体《からだ》のライン。白い生地《きじ》に透《す》けているキャミソールの肩紐《かたひも》。一瞬《いっしゅん》そこに目が引きつけられてしまって、淡《あわ》い罪悪感を覚えた。須藤《すどう》相手なら、下着が透《す》けていても何とも思わないのに。

そう言えば、と俺《おれ》は思い出す。

「十四歳《さい》」の中で、トキコが下着について言及《げんきゅう》するシーンがあった気がする。勢いで花柄《はながら》の下

着を買ってきたけれど、自分自身の性質、体と合わない気がする、というようなシーンが。

もう一度、ちらりと柊《ひいらぎ》に視線をやった。

もしかして今も、柊《ひいらぎ》は、その花柄《はながら》の下着を着けていたりするんだろうか。

自分自身と性質的に合わない下着に、身を包まれているんだろうか。

「……どうしたの?」

「い、いや、なんでもない!」

いぶかしげにこちらを見る柊《ひいらぎ》から、慌《あわ》てて目をそらした。

小説の情報を元に彼女《かのじょ》のことをそういう目で見るのは、もう本当にやめにしたい。そもそもあのシーンだって、色気のある場面として書かれたわけでもないのだし。

＊

結局、俺《おれ》たちは二回時間延長を繰《く》り返し、三時間ほど歌い続けた。

途中《とちゅう》バラードタイム、童謡《どうよう》タイム、アニソンタイムなどを挟《はさ》み、須藤《すどう》の杉並区《すぎなみく》歌熱唱で締《し》めて部屋を出た頃《ころ》には全員へとへとになっていた。

正直に言って──割と、悪くない時間だったと思う。

楽しかった、とは言わない。けれど、柊《ひいらぎ》の歌う姿を見られたのは小さくない収穫《しゅうかく》だったし、

「人とうまく接するようになる」練習としてはおあつらえ向きだったんじゃないかと思う。

「あーいっぱい歌った！　満足満足！　……あ、そう言えば、聞いてなかったんだけどさ！」

帰り道、最寄《もよ》り駅に向かう道すがら。ふと思い出したように、須藤《すどう》が切り出した。

「細野《ほその》とトッキーは、どういうきっかけで仲良くなったの？　なんか、この二人が自発的に友達になるところが、想像付かないんだけど」

「……ああ」

想定していなかったその質問に、俺《おれ》は思わず口ごもった。

確かに、俺《おれ》たちは端《はた》から見れば自然と友達になるようなタイプには見えないだろう。きっかけがなければ会話もしないだろうし、実際とんでもない偶然《ぐうぜん》があったからこそこういう仲になったのだ。

ただ、その「とんでもない偶然《ぐうぜん》」の中身を教えるわけにはいかない。柊《ひいらぎ》が「一四歳《さい》」のモデルであることは秘密だ。

「えーっと、実は……」

適当な嘘《うそ》の理由を考えながら、視線を周囲に泳がせる。

平日とは言え辺りの人通りは多くて、仕事帰りのサラリーマンや食事に行くらしいカップルがめまぐるしく行《ゆ》き交《か》っていた。行列のできている定食屋やオシャレな家具の並んだアンティークショップ。ネパール料理店の外国人店員が、通りで店のチラシを配っている。普段《ふだん》はこういう人混みは苦手なのだけど、なぜか今日はそれほど気にならなかった。

「えっと……好みの小説がかぶったんだよ」

頭の中で突貫《とっかん》工事で組み立てた経緯《けいい》を、須藤《すどう》たちに説明していく。

「それが結構、マニアックな小説で……俺《おれ》が教室で読んでるのに柊《ひいらぎ》が気付いてさ。それで、話が盛り上がったんだ」

「へー。細野《ほその》、いつも本読んでるもんな」

修司《しゅうじ》が聖母像みたいな笑《え》みでうなずいた。

「柊《ひいらぎ》さんも、見た目文学少女っぽいけど、結構そんな感じなんだ」

「うん……。本は、好き」

「じゃあ、細野《ほその》もちょうど良かったな、本好きの仲間ができて」

「まあ、それはそうだな……」

確かに、柊《ひいらぎ》みたいな知り合いができたことは、人生でもそうそうない幸運だと思う。

それは彼女《かのじょ》が本好きだからという以上に、本に出てきたヒロイン本人だからなのだけど。

と、修司《しゅうじ》は突然《とつぜん》持ち前の嗅覚《きゅうかく》の鋭《するど》さを発揮し、

「しかし、意外だなー。俺《おれ》、二人は前からの知り合いなのかと思ってたよ。打ち解け方の感じからなんとなくさ、ここ数日の仲じゃないのかなって」

「……本をきっかけに結構いろいろ話したから、そう見えるのかもな」

なんとか不自然にならない程度の間で答えられたと思う。

「会ったのは入学式の日が初めてだよ。そもそも、俺《おれ》にあんま友達がいなかったのは、お前らもよく知ってるだろ？　柊《ひいらぎ》みたいな知り合いがいたら、事前に気付いてただろ」

「まあ……それはそうだね」

肯定《こうてい》するのはどうかと思いつつ否定もできない、といった様子で、修司《しゅうじ》は苦笑いした。

そうしているうちに、全員の家の最寄《もよ》り駅である西荻窪《にしおぎくぼ》駅に着いた。

柊《ひいらぎ》の家は駅の南側、残りの三人は北側だから、ここで解散ということになる。

「そうだ、ライン交換《こうかん》しようよ！」

スマホを手に、須藤《すどう》がそう提案した。

「これからは、トッキーも入れて四人で遊ぶことが多くなりそうだし！　トッキー、ラインやってない？」

「うん、やってない……」

「じゃあ、私がインストールしちゃっていい？」

「う、うん……お願いできるとうれしい」

柊《ひいらぎ》のスマホを受け取ると、須藤《すどう》は手早くラインをインストール。アカウントを設定し、俺《おれ》と須藤《すどう》と修司《しゅうじ》を友達登録した。俺《おれ》のラインを登録したときもそうだったけれど、ずいぶん手慣れた様子だった。この分だと、クラスの他の友人のインストールも請《う》け負っていたのかも知れない。

「……今日は本当にありがとう。楽しかった」

ラインの入ったスマホを受け取ると、柊《ひいらぎ》はこちらに向き直りぺこりと頭を下げた。

「また誘《さそ》ってください。じゃあ、わたしはこれで……」

「うん、またねー！」

「じゃあね！」

口々にそう言う須藤《すどう》と修司《しゅうじ》のあとで、俺《おれ》も柊《ひいらぎ》に「また明日」と手を振《ふ》った。

柊《ひいらぎ》が背を向け、薄暗《うすぐら》い路地の向こうに歩いていく。その後姿が小さくなり、闇《やみ》に滲《にじ》み、曲がり角を曲がって消えた。

——そのときだった。

なぜだろう、俺《おれ》はなんだか、物足りない気持ちになっていることに気が付いた。

理由はよくわからない。それでも、何かが不足しているような。必要なものが欠けているような、妙《みょう》な感覚。

「……いい子だったねー」

「これからも一緒《いっしょ》に遊びたいな……」

須藤《すどう》と修司《しゅうじ》がしみじみとそう言い合い、家に向かって歩きはじめる。

なんだか後ろ髪《がみ》を引かれる気分を覚えつつ、その後ろを追うようにして俺《おれ》も続いた。

数分ほど歩き、駅前の商店街が途切《とぎ》れた辺りでブレザーの中でスマホが震《ふる》えた。

「……ん？」

引っ張り出してみると——ラインにメッセージがきている。

送り主は、ニックネーム「トッキー」。柊《ひいらぎ》だ。

トッキー「初メッセージです。ちゃんと送れてるかな」
トッキー「今日はありがとう。楽しかったです。打ち解けるのにはもうちょっとかかりそうだけど、頑張《がんば》ってみます」

ご丁寧《ていねい》に、さっそくお礼のメッセージを送ってきたらしい。

文面がいちいち敬語な辺りが実にトキコらしい。俺《おれ》は手早く返事を入力していく。

細野《ほその》「ちゃんと届いてるよ。こっちこそありがとう。まあ、あんまり無理はしないようにな」

送信ボタンを押《お》すと、ほとんど間を置かずメッセージの下に「既読《きどく》」の文字が現れた。

そのささやかな表示に、柊《ひいらぎ》が読んでくれたんだなと、住宅街のどこかの通りで、彼女《かのじょ》は一人俺《おれ》のメッセージを見てくれたんだなと妙《みょう》に鮮明《せんめい》に実感した。

「……どうしたの？　細野《ほその》」

先を歩いていた須藤《すどう》が、不思議そうな顔でこちらを振《ふ》り返る。

「なんか、うれしそうだけど」

「え？　そうか？」

全く自覚がなかった。手で顔を触《さわ》ってみるけれど、表情がいつもと違《ちが》うようにも思えない。

「なーんか機嫌《きげん》が良さそうに見えたんだよね」

「……気のせいだろ」

「そうかなー」

スマホをポケットにしまい、視線をアスファルトに落とす。この三人でいると、気持ちがささくれだって落ち着かない。

けれど、俺《おれ》は気が付いた。

柊《ひいらぎ》の背中を見ていて覚えた欠落感みたいなものが。何かが足りないような感覚が、いつの間にかずいぶんと収まっていることに。

——知りたいと願う。

白、代、城、知る、領《し》ろしめす、すべて語源は通じている。

だからわたしは、知ることで、大切なものを独り占《じ》めにする。

（十四歳《さい》／柊《ひいらぎ》ところ著　町田文庫より）

第三章 CHAPTER03

【時子西荻気分】

「――えっ、いいの!?　ほんとにいいの!?」

「意外だねー。柊《ひいらぎ》さん、そういうの苦手なタイプかと思ってたよ」

朝一の教室入り口で、柊《ひいらぎ》と須藤《すどう》たちが何やら話し込《こ》んでいた。

「う、うん……大丈夫《だいじょうぶ》」

二人と目を合わせないまま、柊《ひいらぎ》はこくりとうなずく。

「そんなに、おもてなしはできないけど、来てもらうのは別に……」

カラオケの一件から、すでに数週間が経《た》っていた。いつの間にやら須藤《すどう》と修司《しゅうじ》は完全に柊《ひいらぎ》を友達認定したらしい。校内ですれ違《ちが》えば立ち話に持ち込《こ》み、夜中にラインで話しかけることもあるようだった。

そのこと自体は、運がよかったと思っている。この二人と一緒《いっしょ》にいるのは、柊《ひいらぎ》にとってもいいトレーニングになるだろう。俺《おれ》が同じことされたら本当にキツいけど。

ただ、問題は、

「で、でも、本当に期待しないでね……」

柊《ひいらぎ》の側に、微妙《びみょう》に壁《かべ》が残っていることだった。

「古くて小さい家だから、その、もしかしたら……びっくりするかも……」

彼女《かのじょ》は何気ない会話に身構え続け、新居に連れてこられた猫《ねこ》みたいな顔ばかりしていた。今この瞬間《しゅんかん》も、あからさまに表情が硬《かた》い。

――問題は、老若男女《ろうにゃくなんにょ》の違《ちが》いや性格の違《ちが》いや、ましてや美醜《びしゅう》の差じゃない。どこか一つでも、心の底からうなずけるものがあれば、わたしはきっと、何をするにも怖《お》じたりしない。

「十四歳《さい》」の一節、トキコが人との距離《きょり》感に悩《なや》むシーンに、そんな一文があった。

柊《ひいらぎ》が踏《ふ》み出せない原因は、ここにあるんだろう。

「心の底からうなずける」ものがないから。あまりにも彼《かれ》らに「共通項《こう》」がないから、いつまで経《た》っても距離《きょり》が縮まらない。

それも当然だ、こいつらは、俺《おれ》らからしてみれば宇宙人みたいなものなのだ。感覚も価値観も世界観も人生観も、何もかも違《ちが》いすぎる。

「……行くか」

俺《おれ》は席を立ち、彼《かれ》らの方へ歩き出した。朝から須藤《すどう》たちと話すのは気が引けるけれど、柊《ひいらぎ》を放ってはおけない。

「どうしたんだよ柊《ひいらぎ》。なんか、須藤《すどう》たちに無理強《むりじ》いされた？」

たずねると、柊《ひいらぎ》より先に須藤《すどう》が口を開いた。

「あー！　なによその言いぐさ！　別に今回は無理になんて言ってないもん！」

「いつもは言ってる自覚があるのかよ……」

「あの、勉強会をしようって話になってて……」

柊《ひいらぎ》がこちらを向き説明をしてくれる。

「もうすぐ中間試験でしょう？　だから、みんなで一緒《いっしょ》に勉強をすればはかどるんじゃないかって……」

「私ほんとにやばいんだよ～……」

情けなく眉《まゆ》を寄せ、須藤《すどう》が訴《うった》える。

「このままじゃ赤点確実でさ、一年の一学期から赤点とか、さすがに笑えないなって……」

宮前《みやまえ》高校では、「定期テスト」として「中間テスト」「期末テスト」の二つが設けられている。名前のとおり、それぞれ各学期の中間、期末に行われるテストで、そのできの善し悪《よあ》しはダイレクトに成績に反映される。あまりに点が悪かった場合補習も行われることがあるという話だ。

中学の頃《ころ》から優秀《ゆうしゅう》だった修司《しゅうじ》はともかく、俺《おれ》と同じ程度の成績しかなかった須藤《すどう》からすれば、今月末の中間テストは頭痛の種だろう。俺《おれ》もせめて補習は避《さ》けたくて、テスト勉強をぼちぼちはじめていた。

「私も、できれば一人でなんとかしたいんだよ！」

須藤《すどう》はなぜか、俺《おれ》に向かって弁解をはじめる。

「帰り道では、今日はあの教科のここをやろうとか、そういうことちゃんと考えてるの。でも、家だとなーんか集中できなくてさ……弟とゲームやったり、ネットで動画見ちゃったりして終わるんだよね……」

「それは単に須藤《すどう》がだらしないだけだろ……」

「……知ってるよ！」

思わず突《つ》っ込《こ》むと、ついに須藤《すどう》は開き直った。

「知ってるけど！　どうにもならないんだもん！」

「で、そんな須藤《すどう》も他の人の目があれば勉強すると思うんだよ」

修司《しゅうじ》が説明を引き継《つ》いだ。

「だから、みんなで集まって勉強会みたいにすればいいんじゃないかなって。各自得意分野もあるだろうから、わからないところは教え合えるしね。でも、場所がなくてさ。俺《おれ》の家も須藤《すどう》の家もしばらくダメで、図書館かなーなんて話してたんだけど、柊《ひいらぎ》さんがうちに来ないかって言ってくれたんだ」

「ああ、そういうことか……」

勉強仲間に柊《ひいらぎ》を選ぶのは、賢明《けんめい》な選択《せんたく》だ。授業中の様子を見る限りでは、あきらかに柊《ひいらぎ》は成績優秀《ゆうしゅう》だ。宮前《みやまえ》高校にたまにいる「すごい大学に入ってしまうタイプ」の生徒だと思う。

ただ、少しだけ意外でもあった。

須藤《すどう》も驚《おどろ》いていたとおり、柊《ひいらぎ》は家に人を呼ぶのに抵抗《ていこう》があるタイプに見える。実際、「一四歳《さい》」でも誰《だれ》かを自宅に招くシーンは一度もなかった。

できるだけ早く須藤《すどう》たちと打ち解けたい、ということなんだろうか。その気持ちはわかるけれど、時折この子はちょっと頑張《がんば》り過ぎに思えることがある。

「というわけだから、細野《ほその》もスケジュール空けといてね!」

考えていると、当然のような顔で須藤《すどう》がそう言った。

「どうせ細野《ほその》も試験やばいでしょ! みんなで助け合おう!」

普段《ふだん》だったら断るところだけど、今回ばかりは俺《おれ》も無言でうなずいた。

柊《ひいらぎ》一人に須藤《すどう》たちの相手をさせるわけにもいかないし——内心、俺《おれ》も彼女《かのじょ》の自宅に行ってみたかった。

*

一週間後。

「——へー、ここか……」

「うん、古い家で、ちょっと恥《は》ずかしいんだけど……」

俺《おれ》たち四人は、住宅街の真ん中でとある一戸建てを見上げていた。

「立派だねえ……」

「なんか。かっこいいな……」

ここは駅から徒歩一〇分ほど。静かな住宅街の一角にある、柊邸《ひいらぎてい》の前だ。

重ねてきた年月を感じさせる、二階建ての和風家屋。

柊《ひいらぎ》の曾祖父《そうそふ》の代からある、と言っていたから、おそらく築五、六十年ほどになるんだろう。

それでも入念な手入れと補修のおかげか、「古さ」よりも「味」を感じさせられた。窓の形や玄関《げんかん》のデザインに工夫《くふう》が凝《こ》らしてあるのも洒落《しゃれ》ているし、あまり豪邸《ごうてい》過ぎずこじんまりしているのもかわいらしい。全体的には国民的アニメスタジオの映画に出てくる小粋《こいき》な一軒家《いっけんや》、といった風体《ふうてい》だ。

そして俺《おれ》は——「十四歳《さい》」で何度も描写《びょうしゃ》されていた「トキコの家」が目の前にあることに、じんわりと感銘《かんめい》を覚えていた。トキコが窓からカラスウリを眺《なが》めたのも、屋根に上って星を見上げたのも、憂鬱《ゆううつ》な気分で布団《ふとん》に寝転《ねころ》んだのも、姉と言い合いをしてぽろぽろ泣いたのも、すべてこの家が舞台《ぶたい》なんだ。生まれてから一五年間、この家はトキコの生活をずっと包み込《こ》んできたんだ——。

「じゃあ……どうぞ」

そう言う柊《ひいらぎ》に案内されて、須藤《すどう》たちがカスミガラスのはめ込《こ》まれた玄関《げんかん》へ向かって歩き出した。俺《おれ》はもう一度家の全景を見上げてから、三人のあとに小走りで続いた。

通された柊《ひいらぎ》の部屋は、二階の廊下《ろうか》の奥《おく》、建物の南側に面した和室だった。

「わー、なんか……文豪《ぶんごう》の部屋みたい……」

須藤《すどう》の漏《も》らした声に、俺《おれ》は内心深くうなずいた。

年季を感じる畳《たたみ》に、無数の小さな傷が入った焦《こ》げ茶色の本棚《ほんだな》。タンスや勉強机、鏡台にちゃぶ台も、細かい装飾《そうしょく》を施《ほどこ》された年代物だ。壁《かべ》には額に入った油絵がある。どこかの田舎町《いなかまち》の風景を描《えが》いたように見えるそれは、もしかしたら何十年か前のこの街の絵なのかも知れない。

そのすべてが、どう見ても柊《ひいらぎ》が買ったものではなくて、

「家具はみんな、おばあちゃんからもらったんだ……」

柊《ひいらぎ》がなぜか恥《は》ずかしげにそう言う。

「嫁《よめ》入《い》り道具として持ってきたものらしいから、多分全部、六十年くらい前のものだと思う……」

「へー、柊《ひいらぎ》家に歴史ありって感じだね。渋《しぶ》ーい！　トッキーは、かわいい感じの家具よりこういうのの方が好きなの？」

「うん……これはこれで、かわいいかなって思うから……」

確かに、これはこれで柊《ひいらぎ》のイメージに合うような気がした。昭和の匂《にお》いのする和室に住む、物静かな文学少女。むしろ、今風のシンプルなデザインの家具に囲まれて生活しているところをうまく想像できないかも知れない。

ちゃぶ台の前に座る柊《ひいらぎ》。俺《おれ》たちも彼女《かのじょ》にならって腰《こし》を下ろし、勉強の準備をはじめた。

そう言えば、向かいに座《すわ》る柊《ひいらぎ》は今日は私服姿だ。

休日だから当たり前なのだけど、初めて見るその姿に思わずじっと視線をやってしまう。

薄《うす》い生地《きじ》の白いワンピースにライトグレイのパーカー。アクセサリはしない方らしく、目に付くのはいつもの髪飾《かみかざ》りと左手の細い腕時計《うでどけい》だけだ。「十四歳《さい》」でもあったとおり視力はいいようで、さっそくメガネをかけはじめている須藤《すどう》とは対照的に裸眼《らがん》のまま教科書を開いている。

――不思議な気分がこみ上げた。

この部屋で、柊《ひいらぎ》は幼いころから毎日を過ごしてきた。トキコとして描《えが》かれる以前から、今に至るまでの日々をここで経験してきた。いろんなことがあったのだろう。うれしいことも悲しいことも、楽しいことも許せないことも。激怒《げきど》することもあれば、人に言えないような恥《は》ずかしいことだって起きたかも知れない。

そう思った途端《とたん》、なぜか――柊《ひいらぎ》の「生身」みたいなものを強く感じた。

学校や街中という舞台《ぶたい》装置を離《はな》れ、自室という日常に戻《もど》った彼女《かのじょ》。この部屋で生活し、成長し、女子高生になった一人のありふれた女の子。

視線に気付いたのか、柊《ひいらぎ》が顔を上げこちらを見た。「どうしたの?」とでも言いたげに、首をかしげる柊《ひいらぎ》。

これまであまり意識することはなかったけれど、初めて思った。

この子はきれいなんだな、と。

もちろん、顔立ちが整っているのは知っていた。派手さがなくて目立たないけれど、単純な作りだけで言うとクラスでトップと言ってもいいほどだと思う。なのに、俺《おれ》はどこかで柊《ひいらぎ》を特別視しすぎていて、そんなシンプルなことを主観的に感じることができていなかった。

そして今、こうして彼女《かのじょ》の部屋で無防備な私服姿を見て、ようやく実感した。

柊《ひいらぎ》は、美人だ。それも、時間を忘れて目を奪《うば》われてしまうほどに。

「……細野《ほその》くん？」

「あ、ご、ごめん！」

名前を呼ばれて、ようやく我に返った。心臓が、早鐘《はやがね》のように鳴っている。

「ちょ、ちょっと、ぼーっとしてた」

「そう……」

そんなやりとりをする俺《おれ》たちを、須藤《すどう》と修司《しゆうじ》は不思議そうに眺《なが》めていた。

勉強を初めてすぐ、須藤《すどう》から柊《ひいらぎ》への質問攻《ぜ》めがはじまった。

「トッキー、この評論文なんだけど……」

「うん」

「この、『そのような半ば意図的な誤解』っていうのが具体的に指し示すものって、どれ……？　なんか、難しい言葉が多すぎて、全体的に意味がわかんなくて……」

「あ、ああ……意味はあんまり大事じゃないんだと思う……こことここがこうつながってる、っていうのがわかれば、大体の問題は解けるから……」

柊《ひいらぎ》は身を乗り出し、須藤《すどう》の参考書の文面に目をやると、

「ほら、例えば『そのような』っていうのは前の段を受けるでしょう。で、前の段は……『つまり』でこっちとつながってるから――」

イメージのとおり、柊《ひいらぎ》は現代文が得意らしい。須藤《すどう》の質問にも論理的に、明快に解法を解説していた。感覚でやってしまいがちな現代文をここまで言語化できるのは、シンプルにすごいことだと思う。塾《じゅく》の講師でもやればなかなかに人気が出そうだ。

ただ、

「えー、難しいなー。中身を読まなくても、そういうところ気にすればわかるってこと？」

「そ、そうなんだけど、ごめん、わかりにくいよね……」

相変わらず、柊《ひいらぎ》の表情には硬《かた》さが見て取れた。

少しだけ、俺《おれ》は期待していたのだ。

いつもは緊張《きんちょう》してしまう柊《ひいらぎ》も、リラックスできる状況《じょうきょう》なら気持ちを開けるんじゃないかと。

こうやって柊《ひいらぎ》家で勉強をするのは、良《い》い転機になるんじゃないかと。

けれどこうして見る限りでは、柊《ひいらぎ》に普段《ふだん》との変化は見られない。いつもどおりにこわばった

表情で、柊《ひいらぎ》は須藤《すどう》の相手をしていた。

「……どうするかなあ」

小さくため息をついた。

どうやら柊《ひいらぎ》の人見知りは、ちょっとやそっとじゃ揺《ゆ》るがない筋金入りらしい。何かはっきりとしたきっかけがないと、これ以上は前に進むことができないのかも知れない。

＊

「あーもー疲《つか》れたー」

一〇分間の休憩《きゅうけい》に入った途端《とたん》、須藤《すどう》はちゃぶ台に身を投げ出し情けない声を上げた。

「もう一月分くらい勉強したよー。これで満点取れないかなー……」

「満点って、一時間しか勉強してないじゃない」

修司《しゅうじ》が苦笑《くしょう》する。

「まだ一教科も復習しきれてないよ」

その隣《となり》で柊《ひいらぎ》も、困ったような表情で須藤《すどう》の様子をうかがっていた。

きっと、柊《ひいらぎ》には須藤《すどう》の気持ちが理解できないだろう。柊《ひいらぎ》は、割と集中力の持続するタイプだ。「十四歳《さい》」でも、何時間もテスト勉強する様子が描《えが》かれていた。

――そう、共通項《こう》だ。

俺《おれ》はふいに、その言葉を思い出した。

柊《ひいらぎ》と須藤《すどう》には、共通項《こう》がない。

こうして見ても、本当に二人の感覚は大きく食い違《ちが》っている。さっきの家具の話だってそうだろう。須藤《すどう》本人は「もっと女の子らしい家具」が好きなのだろうし、それこそが一般《いっぱん》的な女子高生の感覚なんだと思う。

けれど――柊《ひいらぎ》はそうは思わない。

彼女《かのじょ》はこの部屋にある家具をかわいいと感じ、日本文学を読み、現代文を論理立てて読み解き、何時間も集中して勉強し続ける。

似ているところが一つもない二人。どこまでも、交わることのない彼女《かのじょ》たちの感覚。

だとしたら、どんなに努力をしてもこれ以上距離《きょり》を詰《つ》めることはできないのかもしれない。

……本当に、そうなんだろうか。

そんな疑問が脳裏《のうり》をよぎる。

本当に、柊《ひいらぎ》と須藤《すどう》たちは、お互《たが》いの気持ちを理解し合えないんだろうか。

確かに、人としてはあまりにもタイプが違《ちが》う。同じ街に住む高校生という縁《えん》があってこうして出会ったけれど、彼女《かのじょ》たちは性格も趣味《しゅみ》も生き方も考え方も何もかも違《ちが》いすぎる。

けれど、どこかに一つくらいあるんじゃないだろうか。互《たが》いの感覚を理解し合える。そうだよね、と共感し合える話題が。

　そして、思う。

　もし、そういうものがあるとしたら、それを見つけられるのは俺《おれ》なのかもしれない。

　俺《おれ》は人付き合いを諦《あきら》めている。誰《だれ》かと深く関わることも、相手の気持ちを汲《く》むことも、空気を読むことも諦《あきら》めてしまっている。

　それでも、俺《おれ》は一年間も「十四歳《さい》」を読み込《こ》み、小さい頃《ころ》から須藤《すどう》と修司《しゅうじ》たちを見てきたんだ。彼《かれ》らの共通項を見つけられるのは、きっと俺《おれ》だけだ——。

　……しかたない、と思う。少し、考えてみよう。

　須藤《すどう》たちのことはともかくとして、柊《ひいらぎ》の願いはできることなら叶《かな》えたかった。

　腕《うで》を組み、思い浮《う》かべていく。彼女《かのじょ》たちの好きなもの、嫌《きら》いなもの、得意なもの、苦手なもの。自信のあること、自信のないこと、これまでの生《お》い立《た》ち。

　と、ふいに誰《だれ》かのスマホがンーと音を立てて震《ふる》え、

「……あ、お姉だ」

　画面を確認した須藤《すどう》が、ひとりごとのようにつぶやいた。

「ふんふん……そうだなー……。唐揚《からあ》げかなー……」

　ささっと手早く返事を打ち込《こ》む須藤《すどう》。

　それを見ていて——思い付いた。

そうだ、一つだけあるじゃないか。

彼女《かのじょ》たちを繋《つな》ぐかも知れない「共通項《こう》」が。

「——姉さんからメールだったの？」

須藤《すどう》がメールを打ち終えたところで、俺《おれ》は口を開いた。

「ああ、うん。夕飯何食べたい？　って」

「へー。最近あの人どうよ？　元気にしてる？」

「……どしたの急に。まあ、普通《ふつう》に元気だけど」

きょとんとした表情で、須藤《すどう》はこちらを向いた。

「そっか、いや、最近話聞かないなって。今もまだ、読者モデルやってるの？」

「うん。この頃《ごろ》あの人すごいよ。撮影《さつえい》行きまくってるし、こないだはテレビのＣＭにもちょっと出てたし」

「そっか。……そう言えば、柊《ひいらぎ》には言ってなかったよな」

興味深そうな表情をしていた柊《ひいらぎ》の方に向き直った。

「須藤《すどう》の姉さん、有名人なんだよ。高校くらいからずっと読者モデルやってて、今も雑誌によく出てて」

「そ、そうなんだ、モデルさん……」

困惑《こんわく》しつつも、柊《ひいらぎ》は素直《すなお》に感心したような表情を見せる。

「すごいね……本当にそういう人って、いるんだ……」

「うん、身長も高くてオシャレで美人で、まさにモデルって感じでさ。中学校のときには、学校内にファンクラブが――」

「――もーお姉の話はやめてよ！」

須藤《すどう》が不機嫌《ふきげん》そうにこちらをにらんだ。怒《おこ》っている、というよりもちょっと凹《へこ》んでいるように見える表情だった。

「私、コンプレックスなんだよー。お姉があれだけ美人だからさ、なんで私こんなのなんだろうなーって」

「そ、そんな……須藤《すどう》さん、すごくかわいくてうらやましいよ……」

「そんなこと言ってくれるのトッキーだけだよー」

「……でも実際、家族にできる人がいるときついよな」

黙《だま》って成り行きを見ていた修司《しゅうじ》が、苦笑《くしょう》気味にそう言う。

「あー、修司《しゅうじ》の家は、父親がすごいんだっけ？」

俺《おれ》がたずねると、困ったような顔のまま修司《しゅうじ》はうなずいた。

「うちの親、会社の経営者やっててさ……」

「経営者って、社長さん……？」

「うん。そんなに大きくはないＩＴ関連の会社なんだけどね。若い頃《ころ》から上昇志向《じょうしょうしこう》がすごくてずっと起業の勉強してたらしくてさ。そんな父親から見ると、俺《おれ》って覇気《はき》がなく見えるみたいで……結構厳しいこと言われるんだよね」

俺《おれ》もこれまで、何度か修司《しゅうじ》の父は目にしたことがあった。

今風のスーツに身を包み、いつも忙《いそが》しそうにパソコンで作業をしている修司《しゅうじ》父。

修司《しゅうじ》は小さい頃《ころ》からその姿に憧《あこが》れ、そして心のどこかで「ああはなれない」と感じている風だった。地域で一番の進学校に行けたはずの修司《しゅうじ》が、やや偏差《へんさ》値としては落ちる宮前《みやまえ》高校を選んだのも、そういうエリートコースと少し違《ちが》う道を歩んでみたかったからだ、と以前話していたのを覚えている。

「そっか、みんな大変なんだね……」

何かを考えている様子で、つぶやくように言う柊《ひいらぎ》。

「……柊《ひいらぎ》は」

そんな彼女《かのじょ》の背中を押《お》すように、俺《おれ》はもう一度声を上げた。

「柊《ひいらぎ》はどうなんだ？　変わった家族とかいない？」

「変わった、家族……」

そう繰《く》り返すと、彼女《かのじょ》は何かに気付いたような表情になる。

そして、須藤《すどう》たちの方を向くと、

「あの……うちは、お姉ちゃんがすごくてね」

そんなことを話しはじめた。

「十歳離《さいはな》れてて、もう大人なんだけど……実は、小説家をやってるんだ」

「え！　すごい！」

「本当に⁉」

興味を惹《ひ》かれたらしい、須藤《すどう》と修司《しゆうじ》が身を乗り出した。

「うん、ほんと。しかも最近ね、作品がちょっとずつ評価もされるようになってきたみたいなんだ……。今日も、書斎《しょさい》で担当さんと打ち合わせしてて……」

「はー、そういうことってあるもんなんだね……」

修司《しゆうじ》が感心の表情でうなずいた。

「作家として成功とか、別の世界の話だと思ってたけど」

「でもね、わたしもそんな姉がいるのが、ずっとコンプレックスだったんだ」

――「十四歳《さい》」でも、トキコはずっと姉の存在を意識していた。

自分にはないものをたくさん持った姉。優秀《ゆうしゅう》で、社交性があり、才能もある姉。彼女《かのじょ》がいたからこそトキコはやや内向的になった部分もあるんだろうと、読者の俺《おれ》は思っていた。

そして――須藤《すどう》と修司《しゆうじ》も、優秀《ゆうしゅう》な家族にコンプレックスを抱《だ》いていた。

それはきっと、数少ない彼《かれ》らの共通項だ。ちょっと残酷《ざんこく》だけれど、引き出してみない手はない。

「じゃあ私らは、『家族内できない子仲間』だね……」

須藤《すどう》がそう言って、とほほ、という顔を作って見せた。

けれど、その表情は存外うれしそうにも見えた。

「だな」

「そうみたいだね」

うなずいて、柊《ひいらぎ》が笑う。

そう、笑った。柊《ひいらぎ》が、須藤《すどう》と修司《しゅうじ》に。

その表情は、これまでのぎこちないものよりも幾分《いくぶん》自然で柔《やわ》らかいものに見えた。

ひとまず、うまくいったようだなと俺《おれ》は胸をなで下ろす。

もちろん、これで完全に打ち解けたとは思わない。これからも柊《ひいらぎ》はこの二人に緊張《きんちょう》し続けるんだろう。けれどきっと、こうして共感できたことは一つの足がかりになる。そこを基点にして、あとはゆっくりでも前に進めばいい。

「心の底からうなずけるものがあれば、わたしはきっと、何をするにも怖《お》じたりしない」

そう言っていたのは、他ならぬトキコ本人である柊《ひいらぎ》なのだから。

淡《あわ》い満足感を覚えながら、俺《おれ》は鞄《かばん》の中からペットボトルのお茶を引っ張り出し一口飲んだ。

引き続き、家族の話をしている柊《ひいらぎ》たち。

口の中に茶葉の香《かお》りが広がり、のどを通ってお腹《なか》に落ちていく。達成感からか、なんだかその一口が妙《みょう》に美味《おい》しく思えた。

けれど――お茶の流れ込《こ》んだ胃の辺りに、鈍《にぶ》い痛みのようなものを覚えた。

締《し》め付けられるような、もどかしいような、不思議な感覚の痛み。

なんだろう。何か体に悪いものでも食べただろうか、とお腹《なか》をさすってみるけれど……違《ちが》う、痛いのはここじゃない。

その少し上。胸の辺り。痛いのはそこだ。

どうしてだ？　これまで俺《おれ》は健康体で一五年間生きてきた。持病の類いは持ち合わせていない。だとしたらなんだろう。なんでこんな風に、胸が痛んでいるんだろう。無理して須藤《すどう》たちと行動をしているせいでストレスがたまったんだろうか。

「――そう考えると、細野《ほその》はお気楽だよ！」

ふいに須藤《すどう》が、話題をこちらに向けた。

「細野《ほその》の家はさ、兄弟がいない代わりにかわいい子猫《こねこ》がいてさ。ずるいよねー！」

「へー、子猫《こねこ》がいるんだ……」

その話題に興味を持った様子で、柊《ひいらぎ》が身を乗り出す。

「わたしも見てみたいなあ……。なんて名前なの？」

「ああ、『ししゃも』っていうんだよ」

「『ししゃも』……」

そう言うと、柊《ひいらぎ》は口の中で何度か「ししゃも」「ししゃも」とつぶやき、

「……いい名前だね」

「そうか？　父親がつけたんだけど、俺《おれ》はどうかと思うんだよな……。あと、もう子猫《こねこ》じゃないよ。須藤《すどう》たちが最後に見てからもう三年とか経《た》ってるだろ。もう立派な大人になってる」

「えーそうなの⁉」

「手の平にのるくらい小《ち》っちゃかったのになー！」

本気で驚《おどろ》いている様子の須藤《すどう》と修司《しゅうじ》。確かにこいつらは、子猫《こねこ》時代のししゃもをいたくかわいがっていた。しばらくして俺《おれ》が二人を家に招かなくなり、それ以来会うことはなくなっていたのだけれど、彼《かれ》らの中でししゃもは今も子猫《こねこ》のままだったらしい。

「あの頃《ころ》は細野《ほその》ししゃもにすごい嫌《きら》われたよね！　近づくだけでシャーって言われてさ！」

「ああ、そうだったね」

当時のことを掘《ほ》り返して、須藤《すどう》と修司《しゅうじ》がニヤニヤしはじめる。

「私たちの方が仲良《い》いくらいだったもんね！　すぐ膝《ひざ》にのってゴロゴロ言ってきたし」

「かわいかったよなーあれは。おもちゃで一緒《いっしょ》になって遊んだりね。いつも細野《ほその》だけのけ者になってちょっと気の毒だったよ」

「いやいや、今はもう俺《おれ》とししゃも和解したから。今じゃあいつ、俺《おれ》のベッドを寝床《ねどこ》にしてるんだぞ」

「マジで!?　猫《ねこ》も気変わりするもんなんだね！　いいなー、ししゃもと一緒《いっしょ》に寝《ね》るの……」

「夜中にいきなり暴れ出して起こされたりするけどな……って、柊《ひいらぎ》、どうした？」

気付けば、柊《ひいらぎ》が寂《さび》しげに視線を落としている。

「ううん。なんでも、ないよ……でもそっか……」

「……何が？」

「三人は、昔から仲が良かったんだよね……」

「昔は、だけどな」

そう言うと、須藤《すどう》が不満げな声を上げた。

「勝手に過去形にしないでよ！　私たちは、今も進行形で幼なじみなんだからね！」

「あはは……」

柊《ひいらぎ》が笑う。どこか寂《さび》しげな表情のままで。そして、彼女《かのじょ》はひとりごとみたいに小さくつぶやいた。

「いいなあ、そういうの……」

＊

「——じゃあ、今日は本当にありがとうね！」

玄関《げんかん》で、須藤《すどう》が柊《ひいらぎ》にほほえみかける。

「トッキーのレクチャー、本当に助かったよ！　これなら満点も夢じゃないね！」

「あはは、満点はさすがに、ちょっと難しいよ」

「また四人で勉強しよう。今度は俺《おれ》の家に来てくれてもいいし」

宣材写真みたいな笑顔《えがお》の修司《しゅうじ》に、柊《ひいらぎ》も小さく笑《え》みを返した。

「うん、それもいいね。もう一度、期末テストの前にでも相談しようか」

結局俺《おれ》たちは、定期的な休憩《きゅうけい》を挟《はさ》みつつ夕飯直前まで勉強を続けた。

結果、須藤《すどう》は現代文の試験範囲《はんい》全体と、次に苦手な数学、英語をざっと見直すことができたらしい。他のメンバーも各自不安な点を確認し合いながら勉強を進めることができた。

試験前の復習としては、かなり効果的だったんじゃないかと思う。

停滞《ていたい》が続いていた柊《ひいらぎ》の手伝いにも大きな進展があったし、久しぶりに有意義な一日を過ごせた気がした。今日ばかりは、須藤《すどう》と修司《しゅうじ》に感謝すべきかもしれない。

スニーカーを履《は》きつつ、二人に一言くらい礼を言おうか、と考える。

玄関脇《げんかんわき》の窓から差《さ》し込《こ》む夕日に照らされ、俺《おれ》を待ってる須藤《すどう》と修司《しゅうじ》。なんだかそれは小学生の頃《ころ》、三人で歩いた夕暮れの帰り道を思い出させる光景だった。

と、ズボンのポケットの中でスマホが震《ふる》えた。ディスプレイを確認する。

トッキー「よければ、このあと姉と会っていきませんか?」

弾《はじ》かれるように顔を上げた。

柊《ひいらぎ》はさりげない様子でスマホをいじっている。

そしてさらに、追加でメッセージがぽこんとわき出し、

トッキー「さっき、家に『十四歳《さい》』を好きな友達が来てるって教えたら、ぜひ会ってみたいって」

思わぬ展開に、鼓動《こどう》がフルスロットルで脈打ちはじめた。

――姉に会っていきませんか。

それはつまり、「十四歳《さい》」の作者に。柊《ひいらぎ》ところに会う、ということで――、

「――あ、す、すまん!」

反射的に、大きな声を上げた。

「あの……忘れてたんだけど、俺《おれ》、このあと柊《ひいらぎ》からおすすめの本借りるんだった!」

「あ、そうなの?」

「おう、だからちょっと時間かかるんだ、先帰っててくれ」

「おっけー、わかったよ」

あっさり納得《なっとく》した様子で、須藤《すどう》はにへらと笑った。

「しかし、このタイミングに読書とは余裕《よゆう》ですなー。こりゃ細野《ほその》赤点もありえるね」

「あんまり油断しないようになー」

言い合うと、修司《しゅうじ》と須藤《すどう》は手を振《ふ》り「じゃあまたね」と玄関《げんかん》を出て行った。

ドアがガチャリと閉まり、俺《おれ》と柊《ひいらぎ》だけになる。

「……ほ、本当にいいのか？」

振《ふ》り返ると、恐《おそ》る恐《おそ》るたずねた。

「お姉さん……柊《ひいらぎ》ところさん、仕事してるんだろ？　なのに、会う時間くれるなんて……なんか……恐《おそ》れ多いっていうか」

これまで一読者として何百冊と本を読んできた。小さな頃《ころ》から常にそばに本があったし、今の自分を形作ったのは本だと言っても過言ではない。

けれど、著者に会いたいと言ってもらえるなんて、しかもそれが、特に好きな本の著者にだなんて夢にも思わなかった。

「え、そんなに心配しなくても大丈夫《だいじょうぶ》だよ。向こうが会いたがってたんだし、そろそろ打ち合わせ終わると思うし」

ごく軽い口調で言う柊《ひいらぎ》。

その態度に、本当にこの子は柊《ひいらぎ》ところと姉妹《しまい》なんだなといまさら実感した。

「そっか……」

うなずくと、俺《おれ》ははやる気持ちを悟《さと》られないよう一度息を呑《の》み込《こ》む。そして、短く間を空けてから、できるだけさりげなくこう答えた。

「じゃあ、お願いしようかな……」

普段《ふだん》はあれだけ人を避《さ》けておいて、なんなんだと思われるかもしれない。有名人は別扱《あつか》いなんて、ミーハーだと思われるかもしれない。けれど、あの物語を書いたのがどんな人なのか、あれだけ自分を魅了《みりよう》したのがどんな人間なのか、どうしても知りたかった。

「うん、わかった」

柊《ひいらぎ》がうなずいたところで、リビングの奥《おく》、廊下《ろうか》の先の扉《とびら》が開いた。中から優《やさ》しそうな顔立ちの男性が出てくる。彼《かれ》は玄関《げんかん》の柊《ひいらぎ》に気が付くと、

「お、時子《ときこ》ちゃん、こんにちは。いたんだね」

年の頃《ころ》は二十代中盤《ちゆうばん》から後半だろうか。左手には鞄《かばん》を、右手にはスマホを持っている。きっとこの人が、柊《ひいらぎ》ところの担当編集者なのだろう。

「はい、打ち合わせが終わるのを待ってました」

「そっか、ごめんね遅《おそ》くなって。……そっちの彼《かれ》は、お友達？」

「……ええ、クラスメイトです」

「そうか。どうもはじめまして。町田書店の文芸局、第一編集部の野々村《ののむら》です」

俺《おれ》の方を向き笑いかける男性。

「いやー、時子ちゃんに友達ができるなんて感慨深《かんがいぶか》いよ。ぜひ仲良くしてね」

「ああ、はい……」

「それじゃ、お邪魔《じゃま》しました」

それだけ言うと、野々村《ののむら》氏は手慣れた様子で玄関《げんかん》の扉《とびら》を開け、柊邸《ひいらぎてい》を出て行った。

「よし、行こう」

それを見送り、扉《とびら》に鍵《かぎ》をかけた柊《ひいらぎ》が言う。

「きっとお姉ちゃん、楽しみに待ってるから」

＊

——工房《こうぼう》。

印象を一言で言うなら、そう、魔女《まじょ》の工房《こうぼう》だった。

柊《ひいらぎ》ところの仕事部屋に足を踏《ふ》み入《い》れた俺《おれ》は、目の前の光景に啞然《あぜん》としていた。

壁面《へきめん》という壁面《へきめん》にびっしりしつらえられた本棚《ほんだな》と、その中に詰《つ》まっている和書、洋書、写真集、解説書、文庫本、少女マンガ少年マンガ青年マンガ成年向けマンガ。

書籍《しょせき》は本棚《ほんだな》だけにとどまらない。床《ゆか》の上にも数え切れないほどの本のタワーが乱立していて、たまたまその頂上に置かれているライトノベルの表紙のヒロインとばっちり目が合った。どうやら柊《ひいらぎ》ところは、極度の多読家であると同時に乱読家でもあるらしい。

そして——その部屋の奥《おく》。

一目でアンティークとわかる両袖机《りょうそでづくえ》と、上に乗った最新型のパソコン。

その前にある高級オフィスチェアが、くるりと回ってこちらを向き、

「——やあ、君か」

腰掛《こしか》けていた女性が、芝居《しばい》がかった表情で俺《おれ》にほほえみかけた。

「細野《ほその》くん、と言ったね。すまない、呼び出してしまって。一度会っておきたかったんだ」

一目で柊《ひいらぎ》の姉だとわかった。

十歳《さい》年上だと言っていたから、二十五、六歳《さい》になるのか。黒目がちな猫目《ねこめ》、すっととおった控《ひか》えめな鼻梁《びりょう》、薄桃色《うすももいろ》の唇《くちびる》は、柊《ひいらぎ》自身とほとんど変わらない。うり二つと言ってもいい。

けれど、ウェーブする長い髪《かみ》。高い身長に、黒いワンピースに包まれた女性らしい体つき。

そしてなにより、離《はな》れていてもくらりとしそうなほどに匂《にお》い立つ色気が、柊《ひいらぎ》の清廉《せいれん》な感じとは大きくかけ離《はな》れていた。

魔性《ましょう》の女、というのはこういう人を差すのだろう。露出《ろしゅつ》過多なわけでもメイク過剰《かじょう》なわけでもないのに、目の前の女性、柊《ひいらぎ》ところには、思わず後ずさりしてしまいそうな迫力《はくりょく》があった。

作家といえば線が細くて穏《おだ》やかな人というイメージだった。ましてや、「十四歳《さい》」の作者ともなれば繊細《せんさい》で透明《とうめい》感のある女性なんじゃないかとばかり。それがまさか、こんな女傑《じょけつ》タイプの人だったとは……。

「時子《ときこ》から聞いているよ」

朗々としたその声で、我に返った。

「ずいぶんと『十四歳《さい》』を気に入ってくれてるんだってね。君のような若い男子にあれを読んでもらえるのは非常に光栄だよ。作者冥利《みょうり》に尽《つ》きると言ってもいい。ありがとう」

「い、いえ！　こ、こちらこそ、あんな素晴《すば》らしい作品が読めて……すごく幸せです」

緊張《きんちょう》感でしどろもどろになりながら、俺《おれ》は回らない舌を何とか回す。

「俺《おれ》、本当に『十四歳《さい》』が好きで、誇張《こちょう》とかじゃなく毎日読んでて、トキコには、すごく共感できて……あんな風に思える小説は、本当に初めてでした」

「ふふ、うれしいことを言ってくれるね。目の前でここまで絶賛されるのは初めてかもしれない」

ほほえむ柊《ひいらぎ》ところ。その表情を見ながら、俺《おれ》は巻き起こる感情の渦《うず》を全身で感じていた。

まず、緊張《きんちょう》感と感動。

目の前に、大好きな作品を書いた小説家がいる。その小説家が、俺《おれ》を認識し、俺《おれ》の言葉に喜んでいる。その事実に、胃はぎゅっと押《お》さえつけられ、目の奥《おく》がじんと熱くなった。

ただ同時に――少なからず、恐怖《きょうふ》と警戒感《けいかい》も抱《だ》いていた。

この女の人は「十四歳《さい》」を書いたのだ。

柊時子《ひいらぎときこ》という一人の中学生を緻密《ちみつ》に人間性ごとよみとり、物語をして仕立て上げた。それはもう、普通《ふつう》の人間にできることじゃない。やっぱり魔女《まじょ》なのだ、と思う。魔女《まじょ》が何か、我々には理解できない魔法《まほう》を用いて、柊《ひいらぎ》を本の中に生き写しにした。

そして今、その魔女《まじょ》の目が――俺《おれ》を向いていた。

すべてを見透《みす》かしそうな、真っ黒の瞳《ひとみ》が俺《おれ》を貫《つらぬ》いている。

どこまで見られているのだろう、と思う。トキコのときのようにすべてが見られてしまうなら、彼女《かのじょ》の目には今、俺《おれ》はどう映っているんだろう。

もちろん、実際この人は、柊《ひいらぎ》のすべてを見透《みす》かしていたわけではない。「十四歳《さい》」を書くにあたって、柊《ひいらぎ》ところはかなり入念な取材をしたそうだ。それこそ、毎晩のように妹にその日起きた出来事を話させ、膨大《ぼうだい》な量のメモを書き留めた。最初はいやがっていた柊《ひいらぎ》も、熱心な説得の末彼女《かのじょ》に協力するようになったらしい。

だから、今こうしていて、柊《ひいらぎ》ところが俺《おれ》のすべてを見通せるわけじゃない。

理屈《りくつ》では、そうだとわかっている。

それでも俺《おれ》の感覚は、身体《からだ》中の皮膚《ひふ》は、得体の知れない不安感に鳥肌《とりはだ》を立てて危機のアラートを出していた。

「まあ、そう硬《かた》くならないでくれよ」

柊《ひいらぎ》ところが笑う。

「取って食う気も値踏《ねぶ》みするつもりもないよ、もう少しリラックスしてくれていい」

「そ、そうですか……」

それでも、俺《おれ》が何を不安に思っているかは読めているじゃないか……。

やっぱりこの人は、どこまで気を許していいのかわからない。

「で、細野《ほその》くん、どうだい。時子《ときこ》は学校で、うまくやれているのかな?」

「……まあ、そうですね」

慎重《しんちょう》に言葉を選びながら、俺《おれ》は答えていく。

「最初はやっぱり、かなり身構えていたんですけど、最近は友達もできて仲良くなれそうになってきました……」

最近は、というよりも、本当に打ち解けたのはまさに今日のことなのだけど。

そして、そのときのことを思い出すと——俺《おれ》はまた、胸がちくりと痛みはじめる。

思わず右手で胸元《むなもと》を押《お》さえていると、

「ふうん……」

柊《ひいらぎ》ところは、じっと俺《おれ》の顔を眺《なが》めはじめた。

「……いいね、君はとてもいい顔をする。とても気に入ったよ」

「そ、そうですか……」

意味がわからなかった。

いい顔？　俺《おれ》が？　今何か、俺《おれ》はいい表情を浮《う》かべたのか？　そんなはずがない。

胸の痛みに苦しむ様がいい、という悪趣味《あくしゅ》な発言だろうか。あるいは、単にからかっているだけなのかもしれない。

「ところで、時子《ときこ》から聞いていると思うが、私は今『十四歳《さい》』の次回作を書いているんだ。もちろん、トキコのお話の続きだ」

「ああ、それは聞きました……」

「でだね、時期的には、時子《ときこ》が高校に入学してからのことを書こうと思っているんだよ。つまり、次回作には――」

柊《ひいらぎ》どころは妖艶《ようえん》に笑い、

「――君にも何らかの形で、出てもらうことになると思う」

言葉を失った。

自分が――『十四歳《さい》』の次回作に出る。

あの作品の続きに、自分が登場する――。

思わず、喜びの声を漏《も》らしそうになった。

好きな作品のヒロインのモデルと出会って、作者本人にも会って、そのうえ、次回作に登場することになるなんて。一ファンとして、これ以上の幸せがあるだろうか。

柊《ひいらぎ》ところが、俺《おれ》をその文章で表現する。あの文体で、俺《おれ》自身が描《えが》き出される。

想像するだけで、身体《からだ》中に鳥肌《とりはだ》が立った。

どうなるんだろう。それは一体、どんなものに――。

……そこまで考えて、うれしさが不安に置き換《か》わった。

そうだ……それが問題だ。柊《ひいらぎ》ところによって、俺《おれ》はどんな人物に描《えが》かれるんだろう。

柊《ひいらぎ》と違《ちが》って、俺《おれ》に大した魅力《みりょく》はない。彼女《かのじょ》みたいに高潔なところはないし、ただの周囲になじめないありふれた男子高生でしかない。そんな自分が物語に登場するところが、想像が付かなかった。

それ以前に俺《おれ》は、あの物語に出ていいんだろうか？　そんな価値のある人間なんだろうか？

少なくとも俺《おれ》自身にはそんな風に思えなかった。

俺《おれ》が登場したせいで「トキコの物語」の魅力《みりょく》が削《けず》られてしまったりはしないだろうか……。

「ああ、だからそんなに不安がらないでくれよ」

柊《ひいらぎ》ところがけらけらと笑う。

「君のことを悪いように書くつもりはないよ。それに、君の許可なく出版なんてもちろんしない。読んでもらって、ＯＫをもらえて初めて出版をする。そこは遠慮《えんりょ》をしなくていいし、嫌《いや》だったら嫌《いや》だと言ってもらっていい。それに、君を出すのは作家として私が下した判断だ。そこは私がすべて責任を取る。それにしても」

長い足を組み、彼女《かのじょ》は俺《おれ》の顔を見上げるようにのぞき込《こ》むと。

「私は君を、本当に気に入ったよ。かわいいやつだ、細野《ほその》くん。時子《ときこ》のかわいさには及《およ》ばないが、その次の次の次くらいにはかわいいと思う。だからぜひ、君のことを少しだけ、本に登場させてみたい」

「お姉ちゃん」

それまで黙《だま》っていた柊《ひいらぎ》が声を上げた。

その声が、どこか不機嫌《ふきげん》そうに聞こえて彼女《かのじょ》の方を振《ふ》り向《む》くと、

「そういうこと言うのやめてよ……軽々しく、かわいいとか……」

世にも珍《めずら》しい、怒《いか》り顔の柊《ひいらぎ》がそこにいた。

こいつもこんな顔をすることがあるんだな……。いつもは無表情か、困り顔かで、笑顔《えがお》だってほとんど見せることはないのに。

「そうだな、すまないすまない」

柊《ひいらぎ》ところは「今のなし」とでも言うように手の平をひらひらと振《ふ》ってみせる。

「というわけで細野《ほその》くん。君のことを、少しだけ書かせてもらってかまわないかな？　さっきも言ったとおり、君の了承《りょうしょう》は必ず取るようにするから」

「ええ、それは……かまいませんけど」

「ありがとう。では、さっそく作業に入ろうか。それに、君とはまた、トキコのことについてどこかで話すことになるんじゃないかという気がするよ」

「そう、ですか……」

「ああ」

うなずくと、柊《ひいらぎ》ところは不敵に笑い、

「——そのときが今から楽しみだ」

*

「ごめんね、なんかお姉ちゃんが変な感じで……」

帰り道、駅までの道を歩きながら柊《ひいらぎ》はしょんぼりとうつむいていた。

「誰《だれ》かを気に入るとね、変にはしゃいであんな感じになっちゃうんだ……。いつもはもうちょっとおとなしいんだけど……」

「ああ、まあ、気にすんなよ……」

未《いま》だに衝撃《しょうげき》を引きずったままで、俺《おれ》はぼんやりと答えた。

「別に嫌《いや》な気分になったわけでもないし……」

本当に——強烈《きょうれつ》な人だった。

あんな風にあからさまに手の平の上で転がされるのは初めてのことだった。「十四歳《さい》」のような清廉《せいれん》な物語を書いた「柊《ひいらぎ》ところ」がまさかああいうタイプだったなんて。多少テンションが上がっていたのかも知れないけれど、それにしたってキャラが濃《こ》すぎる。

そのうえ、どうやら俺《おれ》は本当に彼女《かのじょ》に気に入られたらしい。あの態度は俺《おれ》をからかっているだけというわけではなかったということか。

そうなる理由は全くわからないし、うれしいかと言われると素直《すなお》にうなずけない部分もある。それでも、嫌《きら》われるよりはずいぶんいいだろう。あの人を敵に回すときっと相当にやっかいだ。

「あと……今日は本当に、ありがとう」

うつむいていた顔を上げ、柊《ひいらぎ》は隣《となり》に立つ俺《おれ》を見た。

「やっとわたし、須藤《すどう》さんと修司《しゅうじ》くんとちゃんと友達になれた気がする。あのとき、家族の話をはじめたのって……わたしを助けようとしてくれてたんだよね？」

「……まあ、そんな大層なもんじゃないけどな」

「それでも、本当にうれしかったよ。ありがとう」

声に無垢《むく》な感謝の気持ちを込《こ》め、そう言う柊《ひいらぎ》。

――けれど柊《ひいらぎ》は、俺《おれ》の本心を知らない。

――俺《おれ》はただ、柊《ひいらぎ》のそばにいたかっただけなのだ。

助けたい、幸せになって欲しい、そういう気持ちもなかったとは言わない。けれど、それ以上に俺《おれ》はただ「そばにいるメリット」を彼女《かのじょ》に見せたかったのだ。だから結局あれは、見返りをもとめない慈《じ》善《ぜん》事業なんかじゃなく、純然たる営利目的の行動だった。

細くため息をつき空を見上げると、ちょうど傾《かたむ》きかけた太陽がビルたちの隙間《すきま》に沈《しず》んでいくところだった。

西の空のオレンジと東の空の藍色《あいいろ》、雲の白が交ざり合って空は複雑なマーブル模様を描《えが》いている。「十四歳《さい》」のエピローグの先にふさわしい、このまま世界が滅《ほろ》んでもいいのに、と思うような光景。

そして、ふと気付く。

こんな風に感じるのは、隣《となり》に柊《ひいらぎ》がいるからかも知れない。

吹《ふ》き抜《ぬ》ける五月《さつき》の風にスカートを押《お》さえている柊《ひいらぎ》。彼女《かのじょ》といるだけで、なぜか俺《おれ》の感情の振《ふ》り幅《はば》は際限なく大きくなっていってしまう。

「……あの、ちょっと気になったんだけど」

柊《ひいらぎ》が、控《ひか》えめにこちらに視線を向けた。

「何が？」

「細野《ほその》くんと、須藤《すどう》さんと修司《しゅうじ》くんって、昔は仲がよかったんでしょ？　一緒《いっしょ》に遊んだりとか、一緒《いっしょ》に登下校したりしてたんだよね？」

ふいの質問に、鼓動《こどう》がわずかに速度を増した。

「……まあ、そういう時期もあったな」

可能な限り冷静を装《よそお》って、そう答える。

「小さい頃《ころ》ってほら、あんまり人のタイプの違《ちが》いは気にならなかったりするだろ。だけどまあ、高校生にもなればそうではいられないし、だから今ぐらいの距離《きょり》感がちょうどいいと俺《おれ》は思ってる」

「そ、そっか……」

それだけ言って、口をつぐむ柊《ひいらぎ》。

けれど、数歩歩いたところで、

「……何かあったのかなって思って」

叱《しか》られた子供のようにうつむいたまま、彼女《かのじょ》は恐《おそ》る恐《おそ》る言葉を続けた。

「なんだか、その……須藤《すどう》さんたちと細野《ほその》くん、自然に距離《きょり》が空いたっていう風にも見えないの。細野《ほその》くん、最初のうちははっきり二人のこと遠ざけようとしてたし、二人の態度もそうされることが前提だし……」

ぎくりとした。鋭《するど》い指摘《してき》だ。

けれど、「十四歳《さい》」で人並み外れた感性を見せていた「トキコ」なら、これくらい見抜《みぬ》いて当然なのかもしれない。

柊《ひいらぎ》は顔を上げ、言い逃《のが》れできずにいる俺《おれ》の方を向くと、

「だからもしかしたら……今みたいになったのは、何かきっかけがあったのかもなって……」

——きっかけ。

その言葉を引き金にして——俺《おれ》の頭の中に、思い出したくない記憶《きおく》がなだれ出てきた。

封印《ふういん》していた、できる限り掘《ほ》り返さないようにしていた苦い後悔《こうかい》。

俺《おれ》の顔色に気付いたのか、柊《ひいらぎ》は慌《あわ》てた表情になり、

「あ、あの、言いたくなかったらいいの！　無神経な話して、ごめんなさい……。でも、わたし、ちょっと気になって……。なんていうか、その……」

そして、聞こえるか聞こえないかの声で、

「わたしももっと……細野《ほその》くんのこと……知りたいし」

切羽詰《せっぱつ》まったようなその表情。それでようやく俺《おれ》は気が付いた。俺《おれ》は、柊《ひいらぎ》に自分のことを一度も話したことがないのだと。

俺《おれ》は「十四歳《さい》」を通じて柊《ひいらぎ》の人となりや大体の生《お》い立ちを知っている。普段《ふだん》どんなことを考えているのかを知っている。それだけじゃない、彼女《かのじょ》のコンプレックスやら悩《なや》みやら好きな小説や歌や絵画や映画、下着の柄《がら》まで知ってしまっているのだ。なのに柊《ひいらぎ》が俺《おれ》について知っているのは「『十四歳《さい》』が好き」というそれだけ。

話したい、と思った
そんなことをする筋合いが、俺《おれ》にあるのかはわからない。

人と関わるのを諦《あきら》めておいて、そんなことを望んでいいのかもわからない。けれど、柊《ひいらぎ》とは平等な関係でありたかったし、心のどこかに彼女《かのじょ》に聞いてもらいたいという気持ちもあった。今なら、話せる気がした。

「……昔から、あいつらは人気者だったんだ」

当時のことを思い出しながら、俺《おれ》は口を開く。

「友達も多くて、異性にもモテてて、先生からも信頼《しんらい》されてて……まあ、今と変わらない感じだな。で、当時は俺《おれ》たち三人組でひとまとめだったから、俺《おれ》、勘違《かんちが》いしちゃったんだよ。あの二人だけじゃなくて俺《おれ》も人気者なんだって。みんなを引きつける力があるんだって」

言いながら、自分で笑ってしまう。

俺《おれ》のどこに、あの二人に並び立てる部分があるというのだろう。気遣《きづか》い、コミュニケーション力、人望、ルックス、そういう人付き合いに必要なスキルすべてにおいて、俺《おれ》は彼《かれ》らの足下《あしもと》にも遠く及《およ》ばない。

柊《ひいらぎ》が、何か言おうと口を小さく開く。しかし、続きを聞こうと決めたのか、こちらをじっと見つめたままもう一度口を閉じた。

「でも、さすがの俺《おれ》も、小学校高学年くらいになったときにはおかしいなって気付きはじめたんだ。二人がしゃべってるときにはスムーズに会話が進むのに、俺《おれ》が発言すると流れがちょっとつまずいたようになるなって。今思えば、それって空気読まない発言ばっかりしてたからだよな。けど、当時の俺《おれ》はそれに気づけなかった。周りのやつらが優《やさ》しくて、フォローしてくれてたおかげもあるんだと思う。それで六年になったときに──『あいつ』と同じクラスになったんだ」

「『あいつ』……？　誰《だれ》？　どんな子？」

「芦屋《あしや》っていう女子だよ」

その名前を口にするだけで、苦いものを口いっぱいにほおばったような気分になった。続きを口にすることに拒否感《きよひ》がこみ上げる。けれど、ここで話を止めるわけにはいかない。

「でも芦屋《あしや》、見た目も性格もすごく男子みたいでさ。背がでかくてスポーツもできて。だからちょっとほら、異性には難しい年頃《としごろ》だったんだけど、俺《おれ》たちも芦屋《あしや》とは仲良くできてたんだ。『お前はもう男子だよなー！』なんて言いながら」

本人も、そう言われているのを喜んでいたと思う。確かに当時の俺《おれ》は空気が読めなかった。けれど、修司《しゆうじ》や須藤《すどう》もその話題に参加していたし、芦屋《あしや》自身がむしろそう言わせようとしていた節もあった。そこはきっと、間違《まちが》いない。

「なのにある日さ、いつもみたいに『お前もうほとんど男子じゃん』みたいなこと言ったら、突然《とつぜん》泣きはじめたんだよ、芦屋《あしや》」

「え、それは、どうして……？」

「実はその日、芦屋《あしや》は好きな男子に振《ふ》られた直後だったらしいんだ。しかも……『男にしか見えない』っていう理由で」

「……ああ」

その光景を実際に目にしたかのように、柊《ひいらぎ》の表情が歪《ゆが》んだ。

「びっくりしたよ。何が起きたんだと思った。いつもは明るくて元気だった芦屋《あしや》が、いきなり泣きはじめたんだ。どうすればいいかわからなくて、俺《おれ》はひたすら謝った。でも、芦屋《あしや》は全然泣き止《や》んでくれなかった。で、あとでわかったんだけどさ、どうも周りのやつにはその日芦屋《あしや》が凹《へこ》んでるのが丸わかりだったらしい。芦屋《あしや》がクラスの男子を好きなのもみんな知ってたから、なんとなく何が起きたのか悟《さと》ってたんだってさ。だから、みんなでできるだけ優《やさ》しく接するようにしてたのに、俺《おれ》が『男じゃん』みたいなことを言ってしまったわけだ」

柊《ひいらぎ》は、言葉を返さない。

「クラスの女子に怒《おこ》られたよ。『ひどい』って。そのときに言われたんだ。『須藤《すどう》さんと広尾《ひろお》くんは気を遣《つか》えるのに、細野《ほその》くんは全然空気読めてない』ってさ。そこで、遅《おそ》まきながら気付いたんだよな。自分が人付き合いが下手なんだって。もしかしたらこれまでも、いろんな人を傷つけてたのかも知れないって」

柊《ひいらぎ》が、苦しそうに唇《くちびる》を噛《か》んだ。

「ショックだったよ。俺《おれ》がこんなこと言える立場じゃないけど、ショックだった。俺《おれ》はみんなのこと、好きだったんだ。一緒《いっしょ》にいると楽しくて、幸せで、いつまでもこうしていたいなんて、そんなことを思ってた。けど、ボケキャラでいつも笑わせてくれたあいつも、世話焼きで委員長気質だったあの子も、のんびりして癒《い》やし系だったあいつも、おとなしいように見えてすごく真面目だったあの子も……みんな、俺《おれ》の言葉に、行動に、傷ついていたのかも知れない。ずっと我慢《がまん》してくれていたのかも知れない。そう気付いたんだ。そうなったら……俺《おれ》にできることは一つだけだった」

——誰《だれ》とも深く関わらず。

交《か》わす会話は最少限、部活にも入らないし委員会活動も最低限。人間関係だって、できるだけ小規模で。

あの日、それが俺《おれ》のポリシーになった。

「というわけで」

そう前置きすると、俺《おれ》は柊《ひいらぎ》に笑って見せた。自分では改心のできの作り笑いだと思っていたけれど、柊《ひいらぎ》がどう思ったかはわからない。

「俺《おれ》はあの二人とも距離《きょり》をとって、できるだけクラスメイトとも話さないようにして、一人でひっそり暮らしてるんだよ」

「……そっか」

つま先のちょっと先に視線を落とし、柊《ひいらぎ》がひとりごとみたいにつぶやいた。

「そんなことがあったんだ……」

沈黙《ちんもく》が、二人の間に下りてくる。代わりに住宅街に流れる音が意識の表層に上がってきた。夕刊を配るバイクの音。どこかで練習中のピアノが音を外し、散歩中の犬同士が吠《ほ》え合っている。傍《かたわ》らの家からは、夕方のニュース番組のアナウンスが聞こえてきた。

「……あの、ごめんな」

いたたまれない空気が申し訳なくなって、俺《おれ》は口を開いた。

「本当は、もっと明るい過去があればよかったんだけど……あんまりそういう思い出はなくてさ」

「……ううん、そんなことないよ」

首を振《ふ》る柊《ひいらぎ》。彼女《かのじょ》のボブヘアーがそれに追従するように揺《ゆ》れる。

そしてふいに、柊《ひいらぎ》は思い付いたような顔になると――、

「『わたしは、知ることで、大切なものを独《ひと》り占《じ》めにする』」

えへへ、と笑いながら、そんなことを言った。

「……え、それって……」

「うん……。うわあ……やっぱりちょっと恥《は》ずかしいな……本の中の自分のセリフ、口に出すのは……。でも、うん、わたしはそういう気持ち……だよ……。もうこれで、細野《ほその》くんの一部は、わたしのもの……」

そのセリフは――「十四歳《さい》」の中で、トキコ本人が言っていたのと全く同じものだった。

柊《ひいらぎ》の白い頬《ほお》に赤みが差す。口元がゆるんでいるのは、照れくささからなのかほほえんでいるからなのか見分けがつかなかった。

「ごめんなさい、言いにくいことを言わせちゃって……。きっとこれまでも、そのことを話す機会って、あんまりなかったよね……?」

「……そうだな。というか、はっきり口に出したのは、初めてかも」

「そっか、初めてなんだ……」

そう言うと、柊《ひいらぎ》は俺《おれ》に笑いかけた。

「ありがとう、教えてくれて」

夕日を背にした彼女《かのじょ》のその表情に、俺《おれ》は思わず目を細めた。

——柊《ひいらぎ》が、俺《おれ》を元気づけようとしてくれている。

人付き合いが苦手な柊《ひいらぎ》が。クラスメイトと話せないと言っていた彼女《かのじょ》が、必死に言葉を紡《つむ》いで、「十四歳《さい》」のセリフまで持ち出して俺《おれ》を励《はげ》まそうと頑張《がんば》ってくれている。

その事実を前にして——俺《おれ》はわけのわからない高揚《こうよう》を覚えはじめていた。

鼓動《こどう》が一気に加速していく。心臓が、普段《ふだん》よりも上にあるような気がしてくる。

情けないことに、鞄《かばん》を持つ手までが震《ふる》えはじめていた。

「あのね、細野《ほその》くん……うまく、言えないんだけど……わたしは細野《ほその》くんが、人と離《はな》れなきゃいけないような……人付き合いをあきらめなきゃいけないような人だとは思えない」

「……そうか？」

「うん。須藤《すどう》さんと修司《しゅうじ》くんは、確かにすごいけど……わたしは、細野《ほその》くんの方が話してい
て楽だし、楽しいと思う。それに……一緒《いっしょ》に……いたいと思うよ……」

その言葉に、のどから何かが飛び出しそうになった。

「だって……そんな選択《せんたく》をしてしまうのは、それでみんなと距離《きょり》を取るのは、美しくあろうと
しているからだよね。正しいのかはわからない。間違《まちが》ってるのかも知れないな、とも思うよ。

けど、美しさなんて、正しい正しくないとは無関係なんだ。わたしは、正しい人より、美しく
あろうとする人が好き」

美しさ――。

トキコが何度も、十四歳《さい》の中で引き合いに出してきた言葉だ。

「……そうか、柊《ひいらぎ》は、そうだよな。美しく生きたいって……」

「最近の自分は、だいぶみっともないんだけどね」

そう言って柊《ひいらぎ》は笑う。

「細野《ほその》くん、人気ないって言うけど……すくなくともわたしには……人気があるんだから、も
うちょっと、自信を持ってくれてもいいんじゃないかな……」

「……ずいぶん小規模な人気だな」

必死に平静を装《よそお》ってそう返すけれど、

「……不満？」

振《ふ》り返った視線の先。こちらを見ている柊《ひいらぎ》は存外真面目な表情で。

黒目がちの切れ長の瞳《ひとみ》。頬《ほお》に陰《かげ》を作る長いまつげに、星空みたいに輝《かがや》く虹彩《こうさい》。

もう、頭はまともに回らなかった。

駆《か》け引きなんてできなくて、思ったままのことを俺《おれ》は口に出してしまう。

「ふ、不満じゃない……」

「そう……よかった……」

そう言うと――柊《ひいらぎ》は俺《おれ》の肩《かた》にドンとぶつかってきた。

服越《ご》しに感じる鈍《にぶ》い衝撃《しょうげき》と、二の腕《うで》の柔《やわ》らかさ。鼻をくすぐるシャンプーの香《かお》りに、胸が締《し》め付けられる。

――認めよう。

もう、認めざるを得ないと思う。

俺《おれ》は、この胸の痛みの正体を知っている。

初めからわかっていたのだ。こうなるに決まっていたんだ。

目の前に、好きな小説のヒロインが現れた。助けて欲しいとお願いされた。

そばにいるうちに距離《きょり》が近づき、相手も俺《おれ》を大切に思うようになってくれた。

そうなって、友達なんかでいられるはずがないのだ。

——恋《こい》をしないはずがないのだ。


「今度、わたしも『ししゃも』に会わせてね」

立ち止まり、そう言う柊《ひいらぎ》。

振《ふ》り返り見た彼女《かのじょ》の顔は、夕暮れの日差しに真っ赤に染まっていた。

——幻想《げんそう》！　幻想《げんそう》なのだ！　動悸《どうき》も、喘《あえ》ぐ声も、切れる息もどれも現実ではありえない。ふやけた指で窓の曇《くも》りを拭《ぬぐ》うと、庭の隅《すみ》のカラスウリに赤い果実がぶらさがっている。

（十四歳《さい》／柊《ひいらぎ》ところ著　町田文庫より）

第四章 CHAPTER04

【ロバと王様とわたし】

「――犬はさ、元々群れで生活してた生き物なんだよ！」

弁当用の小さなフォークでプチトマトを刺《さ》し、須藤《すどう》は熱弁していた。

「家族を『群れの仲間』だと思ってて、だから困ったときには助けてくれるしほめられると喜ぶしひとりぼっちだと寂《さび》しがるの。前に飼ってたレオもそうだった！　猫《ねこ》はそういうのがないじゃん！」

「でも、その落ち着いた距離《きょり》感がいいと思うんだよね」

パンを口に運びながら、対する修司《しゅうじ》は曖昧《あいまい》な笑《え》みを浮《う》かべていた。

「つかず離《はな》れず、各自好きに生きようっていう感じがさ。それに最近の研究で、『犬は人間を別の生き物と理解している』けど『猫《ねこ》は人間を猫《ねこ》だと思ってる』って説が出たらしい。そうやって同じ目線でいられるのが、いいと思うんだよね」

そして俺《おれ》の対面。二人の間に位置する柊《ひいらぎ》は、器用に箸《はし》を操《あやつ》りながら彼《かれ》らの主張にふんふんと聞き入っていた。

――テスト勉強の日以来、俺《おれ》たちは一緒《いっしょ》に昼休みを過ごすようになっていた。四時間目が終わり次第須藤《すどう》たちが教室にやってきて、こうして談笑《だんしょう》しながら昼食を取り、五時間目のはじまる前に帰っていく。

しゃべる量は須藤《すどう》が飛び抜《ぬ》けて多く、その次に修司《しゅうじ》が続き、さらに、

「あの、その研究ってどうやったのかな……？」

こんな風に柊《ひいらぎ》が発言することも少なくなかった。

「どうやって、猫《ねこ》は人間を猫《ねこ》だと思ってるって調べたんだろう……」

「ああ、確か記事にも書いてあったんだけど……猫《ねこ》が猫《ねこ》に対して、犬が犬に対してする行動と、それぞれが人間に対してする行動を比べたんだって。その結果、猫《ねこ》は人間にも猫《ねこ》にも同じことをしてたんだけど、犬は犬相手と人相手で行動が違《ちが》ったんだってさ」

「ああ、なるほど……」

「まあ、ネットに書いてあった記事の受け売りだからどこまで正確なのかはわからないけどね」

「でもそれってさ！」

プチトマトを飲《の》み込《こ》み、須藤《すどう》が主張を再開する。中間テストでなんとか追試を回避《かいひ》して以来、こいつは持ち前の元気を完全に取り戻《もど》していた。

「犬の方が頭がいいっていうことになるじゃん！　犬の方が正しく理解できてるんだから！　だから犬の方がかわいいんだよ！」

「別に頭いい方がかわいいとは限らないだろー」

「賢《かしこ》い方が気持ちを通わせやすいでしょー！」

「……細野《ほその》くんは」

箸《はし》を操《あやつ》る手を止め、柊《ひいらぎ》がこちらを見て首をかしげた。

「犬と猫《ねこ》、どっちが好き？」

――胸にじわりと痛みが走った。

あの日以来、ずっとそうだった。俺《おれ》は柊《ひいらぎ》に視線を向けられる度《たび》、声をかけられる度《たび》、胸に痛みを覚えて言葉に詰《つ》まってしまう。

そして、柊《ひいらぎ》が口にする「好き」という単語。

自分でも、バカだとは思うのだ。「そういう文脈」で言われたわけではないことは、もちろんわかっている。それでも、ただ彼女《かのじょ》がその言葉を口に出したというだけで、俺《おれ》はあっさり平静を失ってしまう。

「……やっぱり猫《ねこ》？　ししゃも飼ってるし……」

黙《だま》っている俺《おれ》に不安になったのか、柊《ひいらぎ》が顔をのぞき込《こ》んでくる。

さらりと流れる黒髪《くろかみ》。こちらを見上げる切れ長の瞳《ひとみ》――。

「……いや、特にどっちっていうこともないよ」

レモンティーを飲み気持ちを落ち着けてから、俺《おれ》はなんとか答えた。

「今は猫《ねこ》飼ってるけど……あれは母親が拾ってきたからだし、犬がいたら、それはそれでいいなって思うだろうし……」

正直、どうでもよかった。会話の内容なんてほとんど頭に入ってこなかった。

それよりも、俺《おれ》はただ目の前で柊《ひいらぎ》が昼食を取っていることが、もぐもぐとブロッコリーを食べる口元が気になっていて、他のことに意識を回す余裕《よゆう》がない。

「出たよどっちつかず！　いるんだよねーこういうときに自分の意見決められない人！」

「まあでも、実際ほとんどの人はそうだと思うよ。だってどっちもかわいいじゃん、犬と猫《ねこ》」

「それは私も認めるよ！　でも、最近の猫《ねこ》ブームには納得《なっとく》いかないの！　猫《ねこ》のかわいさも犬のかわいさもずっと変わってないのに！　なんなの、今の猫優遇《ねこゆうぐう》！」

「確かに、最近は猫流行《ねこはや》ってるよね。テレビでも、猫《ねこ》特集よく見かける……」

出会ったあの日から、柊《ひいらぎ》はずいぶん変わったと思う。

教室で一人本を読み、クラスメイトに話しかけられてもろくに返事もできなかった柊《ひいらぎ》。それが今や、タイプの全く違《ちが》う須藤《すどう》と修司《しゅうじ》とこんな風に打ち解けるまでになってしまった。

もちろん、この二人が特殊《とくしゅ》だということもあるだろう。誰《だれ》にでも同じようにできるわけじゃない。それでも、これをきっかけに柊《ひいらぎ》は人間関係を広げていけるだろうし、もっとたくさんの人と話せるようになるんだろうと思う。

そのことが、うれしいと同時に、少し寂《さび》しくもあった。

確かに、こうなるように仕向けたのは自分だ。それでも二人だけの秘密の関係が、彼女《かのじょ》を独占《どくせん》している状況《じょうきょう》が、少しずつ終わりに向かっているように感じられて。

もしも柊《ひいらぎ》の願いが叶《かな》ったら。

人とうまくやれるようになって、友達が増えて、須藤《すどう》や修司《しゅうじ》のように明るく暮らすことができるようになったら。

それでも柊《ひいらぎ》は、俺《おれ》と話してくれるんだろうか。

「一緒《いっしょ》にいて楽しい」と言ってくれるんだろうか。

「――自分が好きならそれでいいじゃん！」

――須藤《すどう》のその言葉に、ドキリとした。

「流行なんて関係ないよー。じゃあそういう人たちは、ハダカデバネズミがブームになったらハダカデバネズミをかわいいって言うわけ⁉」

なんだよ、動物の好き嫌《きら》いの話か。

心を読まれたのかと思ってしまった。そんなこと、あるはずないのだけど。

けれど、須藤《すどう》の言うとおりなんだろう。自分が好きならそれでいいんだと思う。相手がどうか、というのはあくまでその次の問題だ。

ただ、俺《おれ》はそこまで思い切れなくて。変わっていく柊《ひいらぎ》に寂《さび》しさと不安を覚えはじめていて、それはどうしても否定することができなかった。

「……わたし、ハダカデバネズミ結構好きだけどな」

その声に顔を上げると、須藤《すどう》と修司《しゅうじ》が何とも言えない表情で柊《ひいらぎ》を見ていた。

「あ、あれ……そんなことない？」

須藤《すどう》は慈《いつく》しむような笑《え》みを浮《う》かべると、柊《ひいらぎ》の肩《かた》にポンと手を載《の》せ、

「……トッキーは、相変わらず不思議な趣味《しゅみ》してるね」

「──ね、ねえ、細野《ほその》くん」

犬猫《いぬねこ》論争に決着の付かないまま須藤《すどう》と修司《しゅうじ》が引き上げたあと。

五時間目に入る直前に、柊《ひいらぎ》がこちらを振《ふ》り返った。

「お、おう、どうしたよ」

「あ、あの、今度の日曜日なんだけど、空いてたり、しないかな……？」

「日曜日？　空いてるけど……」

「そっか……じゃああのさ、一緒《いっしょ》に出かけない？」

「あ、ああ、いいよ。でも出かけるなら、さっき須藤《すどう》と修司《しゅうじ》がいるときに聞いた方がよかったんじゃないか？　日曜に予定入ってる可能性は、あいつらの方が高いだろ」

「……あー、ええっと、そうじゃなくてね」

柊《ひいらぎ》はわずかに視線を落とす。

そして、うかがうようにこちらを見ると、

「その……今回は、二人で出かけたいなって……」

息が止まった。

二人で出かける。須藤《すどう》と修司《しゅうじ》抜《ぬ》きで、柊《ひいらぎ》と二人だけで。

どうしたんだ？　これまで遊びに行くときはかならず四人一緒《いっしょ》で、二人だけでなんてことは一度もなかった。急にそんなことを言いだした理由がわからない。

「……あ、あの、いやだったらいいの！　無理にとは言わないよ……」

取り繕《つくろ》うように、柊《ひいらぎ》は言葉を継《つ》ぎ足す。

「でも……ちょっと、行ってみたい喫茶店《きっさてん》があって、そこ、小説とかが置いてある感じだから、須藤《すどう》さんたちよりも細野《ほその》くんの方が興味があるかなって……」

「ああ、そういうことか」

ようやく合点がいった。確かに須藤《すどう》や修司《しゅうじ》はそういう店に興味を示さないだろう。彼《かれ》らを連れて行って気を使うよりは、俺《おれ》のような本好きを連れて行く方が気が楽なのかも知れない。

「うん、いいよ、行くよ」

「よかった、ありがとう」

柊《ひいらぎ》が笑う。このところ、柊《ひいらぎ》はよく笑うようになった。

「じゃあ、待ち合わせ場所とかはまたラインで送るね……本当にありがとう」

チャイムが鳴り、柊《ひいらぎ》が前を向いた。

五時間目がはじまり、数学教師田中《たなか》五九歳《さい》がよぼよぼの足取りで教室にやってくる。

起立して礼して着席して授業がはじまり、俺《おれ》は柊《ひいらぎ》のボブヘアーの後頭部を眺《なが》めながらぼんやり考えはじめた。

二人きりで、喫茶店《きっさてん》に。休みの日に、待ち合わせて——。

もしかしてこれは、「デート」と呼べるんじゃないだろうか。

柊《ひいらぎ》はそんなつもりじゃないだろう。けれど、高校生の男女が二人で出かけるなんて、傍目《はため》から見ればデート以外の何物でもないんじゃないだろうか。

そう思うと、急に足下《あしもと》がそわそわと落ち着かなくなる。これまでの「遊びに行く」とは全然意味合いが変わってきたような、ハードルが上がったような感覚。

そして、同時に気が付いた。

胸に、小さな違和感《いわかん》を覚えていることに。

浮《う》かれて跳《は》ね回る胸《むね》の奥《おく》に、小さく冷たい石のように転がっているいびつな感覚。

何だろう。これも、寂《さび》しさと不安が作り出した錯覚《さっかく》なんだろうか。

＊

「──二人って何を話せばいいんだろうな」

お腹《なか》の上に乗ったししゃもに、俺《おれ》はそうたずねた。

「これまでずっと四人だったし、須藤《すどう》たちが話題振《ふ》ってくれたからなんとかなったけど、最初から二人だとな……」

柊《ひいらぎ》に誘《さそ》われてから、八時間ほどが経《た》っていた。

原因不明の違和感《いわかん》は胸からすっかり消えていたけれど、高揚《こうよう》と緊張《きんちょう》感だけは今もきっちり俺《おれ》を浮《う》き足立たせている。いてもたってもいられなくなった俺《おれ》は、どうしても話し相手が欲しくて、こうしてししゃも相手にぽつぽつとひとりごとをこぼしていた。

柊《ひいらぎ》と二人きりになったことは、何度かあった。

彼女《かのじょ》が「トキコ」だとわかったときや、助けて欲しいとお願いされたとき。柊《ひいらぎ》家を訪《おとず》れた帰り道もそうだ。ただ、そのときはそれぞれ『十四歳《さい》』『お願いがある』『柊《ひいらぎ》ところ』という話題があったのに対して、今回は特にそういうトピックはない。時間だって、これまでの数分とは桁違《けたちが》いに長くなるだろう。

女子とそんなに長い時間二人きりなんて初めてのことで、何をどうやって間を持たせればいいのか全くわからなかった。

「ししゃもはどうだ？　オスとデートするなら、どんな風がいい？」

そんな風にたずねてみるも、お腹《なか》の上のデブ猫《ねこ》は偉《えら》そうな顔でこちらを見下ろしているだけだった。

——そもそも。

そもそも、柊《ひいらぎ》は俺《おれ》のことをどう思っているんだろうか。

好感を持たれているのは間違《まちが》いないと思う。俺《おれ》は空気を読めないし、他人の気持ちも推し量れない。けれど、本人が「細野《ほその》くんはわたしに人気」と言っていたわけで。そして柊《ひいらぎ》が、トキコがそういうときに嘘《うそ》をつけるとも思えないわけで。プラスの印象を持たれているのは、多分間違《まちが》いない。

けれど——その気持ちの種類は、よくわからない。

友達として、ただ高校でできた友人として好感を持っているのか。

あるいは、一人の異性として好感を持っているのか。

十中八九、前者だろう。これまでの柊《ひいらぎ》の言動の中で、俺《おれ》を異性として認識しているようなものはなかった。

それに客観的に見て、自分は顔立ちが整っている方ではない。空気は読めないし明るくないしスポーツもできないし、モテる人間に必要な要素をほとんど持っていない。自分が女性に恋《こい》をされる、というイメージがどうしても湧《わ》かない。そんな自分が後者を期待するのは、ひどく恥《は》ずかしいことであるような、とんでもない思い上がりのような気がした。

そして俺《おれ》自身は、どうしたいんだろう。

柊《ひいらぎ》に好かれたいのか？　彼氏《かれし》彼女《かのじょ》の関係になりたいのか？　エロいことやらなんやらをしてみたいのか？

多分、すべてだ。異性として好かれたいし、特別な関係でありたいし、恋人《こいびと》にだけ許されることをしてみたかった。

単に友達として好感を持っているのかもしれない柊《ひいらぎ》に、俺《おれ》はそんないくつもの、不純な動機を持って接している。なんだかそれは、彼女《かのじょ》に不義理なことな気がした。

それに……あんな風に芦屋《あしや》を傷つけた俺《おれ》が、そんな気持ちを抱《だ》いていいんだろうか。そんなことを望む資格が、俺《おれ》にあるんだろうか……。

淡《あわ》い罪悪感を覚えていると、一階の玄関《げんかん》の扉《とびら》が開く音がした。

会話をしているらしい、母親と訪問者。壁《かべ》に阻《はば》まれてその内容は聞き取れない。

複数人の足音が、家に上がり込《こ》む。そしてそのまま廊下《ろうか》を通り、階段を上り「おいおいまさか……」と思っている俺《おれ》の部屋の前まで来ると、

「──おーい！　細野《ほその》ー！」

「お邪魔《じゃま》しまーす」

ノックもなしに扉《とびら》が開かれ、須藤《すどう》と修司《しゅうじ》が現れた。

「ちょ……お、おいなんだよお前ら！」

寝転《ねころ》がっていたベッドから跳《は》ね起きた。ししゃもが迷惑《めいわく》そうに床《ゆか》に飛び下りる。

「ちょっと話したいことがあって。わー、ししゃもも大きくなったね！」

「本当だ、もう立派に大人だな」

「いや、勝手に入ってくんなよ！　ていうかせめてノックぐらいしろよ！　俺《おれ》がなんかしてたらどうするつもりだったんだよ！」

「爆笑《ばくしょう》する」

「最悪だろ！　いやだから、勝手に何して……」

言い合う間にも、須藤《すどう》たちはローテーブルの周りに座ると、買ってきたらしいお菓子《かし》とジュースをテーブルに広げはじめた。

「なんだよ、どういうつもりだよ……」

「あのさ」

言って、須藤《すどう》がベッドに腰掛《こしか》ける俺《おれ》を見上げた。

「細野《ほその》にちゃんと、確認しておきたいことがあるんだけど」

「……な、なんだよ……」

「トッキーと付き合ってるの？」

「…………は？」

わけのわからない質問に、一瞬《いっしゅん》時が止まった。

冗談《じょうだん》か、と思うけれど、須藤《すどう》と修司《しゅうじ》の表情は真剣《しんけん》だ。本気でたずねているらしい。

「そ、そんなわけないだろ……。なんでそんな、急に付き合ってるなんて……」

「本当に？　なんか最近二人の雰囲気《ふんいき》が変わったんだけど」

「そ、そうか……？」

「俺《おれ》からも、変わったように見えてたよ」

絨毯《じゅうたん》の敷《し》かれた床《ゆか》に正座している修司《しゅうじ》。親に結婚《けっこん》の挨拶《あいさつ》に来た青年のような、真面目くさった顔をしている。娘《むすめ》がこんな男をつれてきたら両親も大喜びだろう。

「あんまり踏《ふ》み込《こ》むのもどうかと思うけどさ、なんか最近二人、人前で話さなくなったよな。なのに、前より仲が良《い》い雰囲気《ふんいき》があって、通じ合ってる感じというか……。そうなった二人って、大体あとで聞くと付き合いはじめてたりしてるんだよな」

「あとね、単純にトッキーがかわいくなった」

修司《しゅうじ》よりはリラックスした、それでもこいつなりに真面目ぶっているのであろう「女の子座《すわ》り」で、須藤《すどう》は背筋をピンと伸《の》ばしている。

「もともとすごく美人だったし、うらやましかったんだけど、最近はちょっと華《はな》やかになった気がする。細野《ほその》気付いてる？　結構クラスの男子、トッキーのこと見るようになってるよ」

「……そ、そうだったのか」

全く気が付いていなかった。柊《ひいらぎ》以外のクラスメイトになんて注意を払《はら》ったことがなかった。

「それによく考えたら、このあいだトッキーの家行ったとき、細野《ほその》だけ家に残ったじゃない。修司《しゅうじ》はあのとき、いろいろあったんじゃないかって言ってて」

「いろいろって？」

「告白してＯＫもらえたとか。あるいはそういうのすっ飛ばして、ちゅーしちゃったりいろいろしちゃったりとか」

「……なるほど」

すごい勘違《かんちが》いだった。

実際は告白どころか、彼女《かのじょ》の姉に会い手の平で転がされていただけだ。

そうか……でも須藤《すどう》と修司《しゅうじ》には、そういう風に見えていたのか。確かに、かなり雑な説明しかしていなかったし、勘違《かんちが》いされるのもしかたないのかも知れない。

ベッドに寝転《ねころ》んでいたししゃもが俺《おれ》の膝《ひざ》に戻《もど》ってきた。ずしりとした重みと高い体温がジーンズ越《ご》しに足に伝わる。

「えぇっと、嘘《うそ》とかじゃなくて、俺《おれ》と柊《ひいらぎ》はマジで付き合ってないよ」

ししゃもを撫《な》でながら、俺《おれ》は答えた。

「……本当に？」

「ああ。別に告白したりされたり、そういうこともない。ていうか、それでもし付き合ってたら、二人はどうするつもりだったんだよ？」

「そりゃー気を遣《つか》うんだよ！」

ようやく緊張《きんちょう》がほどけたらしい、いつもの調子を取り戻《もど》し須藤《すどう》が言う。

「私たち、結構ぐいぐいいっちゃってるけど、二人の時間だって欲しいだろうし控《ひか》えた方がいいかなって。だから、ちゃんと知っておきたくて」

「そういうことか……」

この二人らしい考えだなと思う。強引《ごういん》なところは強引《ごういん》だけど、引くべき部分はきっちり見極《みきわ》める。俺《おれ》にはできない芸当だ。

望まぬところを撫《な》でてしまったらしい、膝《ひざ》の上のししゃもがにゃごにゃご言いながら俺《おれ》の手を相手に格闘《かくとう》をはじめた。シャツの袖《そで》を伸《の》ばして怪我《けが》しないように防御《ぼうぎょ》する。

「でもさ」

お菓子《かし》の袋《ふくろ》を開けながら、修司《しゅうじ》がもう一度口を開き、

「――細野《ほその》は柊《ひいらぎ》さんのこと、好きなんだろ？」

――思ったよりも、うろたえなかった。

ただあるのは「やっぱり気付くか」という気持ちだけ。この二人なら、当然察するのではないかと思っていた。もちろん、それはそれで恥《は》ずかしいのだけど。

「細野《ほその》、めずらしく人のことを大切にしてるよな。みんなのことはどうでもいいって態度だったのに、柊《ひいらぎ》さんのことだけは俺《おれ》たちが初めて会ったときから本当に大切にしてた。それに、あの子のことすごく詳《くわ》しいし、いつもあの子のこと見てるし……もうそれで、好きじゃないってことはないんじゃないかなって」

「……そうだな」

俺《おれ》は素直《すなお》に認めることにした。

「うん、修司《しゅうじ》の言うとおりだ」

「好きなの？　トッキーのこと」

「……まあな」

うなずくと、須藤《すどう》はその顔に満面の笑《え》みを浮《う》かべ――、

「んふふふー！」

ローテーブルに肘《ひじ》をつき、こちらをニヤニヤと見上げた。

「ついに細野《ほその》も恋《こい》をしちゃいましたかー。いいねえいいねえ、応援《おうえん》するよ。アシストが欲しいときには言ってね！」

「だな。結構人の恋《こい》バナには乗ってきたから、いろいろアドバイスできると思うし」

「いや、いいよそういうのは……別にそんな、おおげさにはしたくな――」

――そこまで言って、ふいに思い至った。

そうだ。須藤《すどう》と修司《しゅうじ》だ。

柊《ひいらぎ》と二人きりで何を話せばいいかわからない。

なら、コミュニケーション力に優《すぐ》れている上柊《ひいらぎ》のことも知っている、この二人に相談すればいいじゃないか。きっと、本当に役立つ意見をイヤというほどぶつけてくれるだろう。

けれど、

「……あー、その」

口を開いたところで、俺《おれ》は踏《ふ》みとどまる。

……本当に、それでいいのか？　いまさら二人に、そんな風に助けを求めていいのか？

これまで須藤《すどう》と修司《しゅうじ》には、散々不躾《ぶしつけ》な態度を取ってきた。

ラインを無視して、誘《さそ》いを無碍《むげ》にして、嫌《きら》われてもしかたないことを何度も繰《く》り返してきた。

それが、悩《なや》みができた途端《とたん》に相談をするなんて、あまりに虫がよすぎるんじゃないか。

脳裏《のうり》に、あの日の芦屋《あしや》の表情が蘇《よみがえ》る。

俺《おれ》の一言で、見る見る表情を曇《くも》らせボロボロと涙《なみだ》を流しはじめる彼女《かのじょ》。

何年間も、脳内で再生を繰《く》り返した苦い思い出。

あいつにあんな顔をさせた俺《おれ》が、何をいまさら――。


「……細野《ほその》」

逡巡《しゅんじゅん》している俺《おれ》に、修司《しゅうじ》が笑いかける。

向けられたら最後、この世の女子のほとんどが恋《こい》に落ちてしまいそうな笑《え》みだった。

「何か、ためらってるように見えるけど……俺《おれ》たちには、遠慮《えんりょ》しなくていいんだからね」

「そうだよ！」

須藤《すどう》は勢いよく言いながら、こんっ、とペットボトルをテーブルに置く。ししゃもが俺《おれ》の手への攻撃《こうげき》をやめ、びくりとそちらを向いた。

「細野《ほその》の幸せはトッキーの幸せにもつながるかもしれないんだから！　できることなら協力させてよ！」

「……そっか」

思わず、笑《え》みをこぼしてしまった。

知っていたことではあった。芦屋《あしや》の件が起きるまでは、間近で見てきたことでもあった。

けれど、俺《おれ》はここで再認識する。

この二人は、見ているこちらが心配になるほどの。

そして、人気者になるのが当然だと思えるほどの――根っからのお人好《ひとよ》しなのだ。

これからも、俺《おれ》は二人と距離《きょり》をとり続けるだろう。

それは俺《おれ》のポリシーで、やっぱり曲げるべきではないと思う。

けれど今は――今だけはそれに目をつぶって、二人の好意に甘《あま》えさせてもらおうと思う。

「……じゃあ、ちょっとだけ相談させてくれ――」

＊

久しぶりの晴天だった。

昨日まで真っ黒に濡《ぬ》れていたアスファルトもからりと乾《かわ》き、吹《ふ》く風は夏の匂《にお》いをはらんでいる。

須藤《すどう》たちにもらったアドバイスは、きっちり頭の中に入れてくることができた。それをすべてうまく実行できるとは思わないけれど、やれるだけのことはやったはずだ。

――昼過ぎの、住宅街の中にある公園。

柊《ひいらぎ》が待ち合わせ場所に指定してきたのは「助けて欲しい」と最初にお願いされたあの公園だった。「十四歳《さい》」にも頻繁《ひんぱん》に出てきた、柊《ひいらぎ》の家の近くの児童公園。

はじめて来たあの日と同じように、園内では小学生や幼稚園《ようちえん》児、幼稚園《ようちえん》未満の子供とその親たちが思い思いの休日の午後を過ごしていた。季節のせいか曜日のせいか、彼《かれ》らの声はあの頃《ころ》よりも心なしか明るい。そして俺《おれ》も、我ながらみっともないほどにそわそわしつつ柊《ひいらぎ》がやってくるのを待っていた。

そして、約束の時間の十分前。

「――ごめんね、待たせちゃった……?」

ベンチに腰掛《こしか》ける俺《おれ》のところへ、柊《ひいらぎ》が小走りにやってきた。

「いや、今着いたところ。……テンプレみたいな言い方だけど、これは本当に」

嘘《うそ》だった。

本当は、妙《みょう》に早く出かける準備ができてしまって、三十分前にはここに着いていた。もちろん、それを口に出すことはしないけれど。

「そっか、ありがとう……」

俺《おれ》の顔色から何かを察したのか、柊《ひいらぎ》はくすりと笑った。

「じゃあ、そういう風に思っておくことにする。……行こうか」

促《うなが》されて、ベンチから立ち上がり柊《ひいらぎ》の隣《となり》を歩きはじめた。

横目でちらりと彼女《かのじょ》を観察する。

今日の柊《ひいらぎ》は、青と緑の中間みたいな色のワンピースに薄手《うすで》のカーディガン。足下《あしもと》は複雑なデザインのサンダルみたいなものを履《は》いていた。シンプルで動きやすそうだった柊邸《ひいらぎてい》訪問のときの服装に比べて、少しだけオシャレをしているようにも見える。

かく言う俺《おれ》は――先日須藤《すどう》が選んでくれた白っぽいシャツにジーンズ、スニーカーという出《い》で立ちだ。「ろくな服がないからこれ以上はどうしようもないけど、うん、まあ失礼にはあたらないでしょう」とのことだったから、大きく外してしまっていることはないはず。多分。

「今日行くお店はね」

俺《おれ》の視線に気付く様子もなく、柊《ひいらぎ》は上機嫌《じょうきげん》に説明をはじめる。

「古民家を改修した喫茶店《きっさてん》なんだ……。築八十年くらいで、しばらく前までは音楽家の夫婦《ふうふ》が住んでいたんだけど、手放すことになって取り壊《こわ》しの準備が進められてたんだって……」

「八十年か、すげえな」

「でしょう？　だから、取り壊《こわ》しちゃうのはもったいないって、有志が協力し合って建物を買い取って、内装をリフォームしたんだって」

なるほど、いかにも「トキコ」が好きそうな店だなと思う。

彼女《かのじょ》の「古いもの趣味《しゅみ》」は、「十四歳《さい》」の中でも何度か取り上げられていた。

「ずっと行きたかったんだ、その店……でもなかなかタイミングがなくて、だから細野《ほその》くんがOKしてくれてよかった」

屈託《くったく》なく笑う柊《ひいらぎ》。やっぱりこの子自身は、今日俺《おれ》と出かけることに何の含《ふく》みもないらしい。

しかし、なんだろう。

隣《となり》を歩く柊《ひいらぎ》と俺《おれ》。その距離《きょり》が――なんだか妙《みょう》に近い。

くっつきすぎかと離《はな》れるも、すぐに距離《きょり》が縮められ肩《かた》が触《ふ》れ合う間隔《かんかく》に戻《もど》ってしまう。薄《うす》い布越《ご》しに、彼女《かのじょ》の体温が感じられてしまうほどの至近距離《きょり》――。

単に気にしすぎだろうか。これまでも俺《おれ》と柊《ひいらぎ》は、これくらいの距離《きょり》で並んで歩いていただろうか。思い出そうとするも、そもそも柊《ひいらぎ》と並んだ記憶《きおく》がほとんどなくて、というか人と並んで歩いた記憶《きおく》自体があまりなくて、これが普通《ふつう》なのかどうなのか判断でき

「――わっ」

――ふいに上がる柊《ひいらぎ》の声。

同時に彼女《かのじょ》の体はふらりと傾《かし》ぎ――大きくつんのめった。

――躓《つまず》いた。

映画のワンシーンみたいにスローモーションになる視界。髪《かみ》をふわりと膨《ふく》らませながら、柊《ひいらぎ》は前のめりに倒《たお》れていく。

――転んでしまう。

反射的に手を伸《の》ばし、柊《ひいらぎ》の手をつかんだ。腕《うで》に彼女《かのじょ》の全体重がかかる。質量0の『トキコ』と違《ちが》い、現実味を感じるそれなりの重み。

ぐっと力を入れなんとか踏《ふ》みとどまると——ようやく時間は当たり前の速さに戻《もど》り、柊《ひいらぎ》もバランスを取り戻《もど》した。

「……ご、ごめん！」

大げさに慌《あわ》てながら、柊《ひいらぎ》がこちらを振《ふ》り返った。

「なんか、躓《つまず》いちゃって……実はこのサンダル買ったばっかりで……はき慣れてなくて……」

「おう、そ、そうだったんだ……」

「重かったよね、ほんとごめんね……」

「いや、そんなことないけど……」

答えながらも——俺《おれ》は柊《ひいらぎ》の手の平の感触《かんしょく》に、離《はな》すタイミングを失ってしまったその柔《やわ》らかい肌触《はだざわ》りに戸惑《とまど》っていた。

そろそろ梅雨《つゆ》も明けるというのに、ひんやりとした五本の指。ぎゅっと俺《おれ》の手を握《にぎ》る、そのか弱い力。男の俺《おれ》の手とは違《ちが》って、柊《ひいらぎ》の手の平はどこか丸みを帯び柔《やわ》らかかった。

そして、

「行こう……」

柊《ひいらぎ》はもう一度歩き出す。

――左手に、俺《おれ》の右手を握《にぎ》ったままで。

頭の回路に混乱をきたした。

今、俺《おれ》と柊《ひいらぎ》は、手を繋《つな》いで歩いている。

……どうしてだ？

どうして柊《ひいらぎ》は、俺《おれ》の手を離《はな》さないんだ？

普通《ふつう》に考えて、友達であるだけの男女が手を繋《つな》いで歩くなんてことはない。何かこうしている意図があるんだろうか？　人付き合いの経験がないせいで、柊《ひいらぎ》はこれを普通《ふつう》のことだと思っている、とか……？

少しでもヒントが欲しくて、隣《となり》を歩く柊《ひいらぎ》の表情をうかがおうとする。

けれどその顔は小さくうつむいていて、黒髪《くろかみ》に隠《かく》されていて見ることができなかった。

わからない。彼女《かのじょ》の意図が、どうしてこんなことをしているのかが、わからない。

それでも――俺《おれ》の胸には、自然と華《はな》やかな喜びが溢《あふ》れはじめていた。

彼女《かのじょ》の手の平を通じてなだれ込《こ》んでくる、もどかしい幸福感。

柊《ひいらぎ》の気持ちがどうであれ、手を繋《つな》いで歩くこの瞬間《しゅんかん》が、俺《おれ》には飛び上がりそうなほど幸せだった。こうしているだけで他に何もいらないと、安いラブソングのようなことを本気で思ってしまうほどに。

それから――なぜだろう。

止めどなく溢《あふ》れる幸福感の片隅《かたすみ》に、冷たく硬《かた》い「ある感覚」が転がっているのも同時に感じていた。

先日教室でも味わった、小さな違和感《いわかん》。

何かが食い違《ちが》いはじめたような、イメージとズレはじめたような、そんな感触《かんしょく》。

そして、その感覚は昨日よりも、大きくはっきりとしたものになっているような気がする。

……いや、今はそのことを考えるのはよそう。

軽く頭を振《ふ》ると、俺《おれ》は視線を前に戻《もど》した。

俺《おれ》たちの行く先には、初夏の閑静《かんせい》な住宅街が広がっている。

水彩絵《すいさいえ》の具を塗《ぬ》りたくったような青空に、時折浮《う》かんでいるボリュームのある雲。照りつける日差しは建物やアスファルトに乱反射して、視界全体が眩《まばゆ》く輝《かがや》いて見える。

そして――右手に感じる、柊《ひいらぎ》の手の感触《かんしょく》。

俺《おれ》は今、柊《ひいらぎ》と二人でいるんだ。彼女《かのじょ》と手を繋《つな》いで歩いているんだ。

余計な不安には、頭の一部たりとも占有《せんゆう》されたくなかった。

*

「おぉ……」

公園から歩くこと数分。到着《とうちゃく》した喫茶店《きっさてん》の内装に、俺《おれ》は小さく声を上げてしまった。

板張りの店内に並んだ、木製のかわいらしいテーブルと椅子《いす》たち。入り口の向かいには縁側《えんがわ》があり、その向こうに青々と木の茂《しげ》った庭がある。

柱には無数の傷が入っていて、片隅《かたすみ》には年季の入った本棚《ほんだな》や勉強机が置かれていて、民家だった頃《ころ》の面影《おもかげ》を色濃《いろこ》く感じた。やはり人気があるらしく、席はほとんど若い女性で埋《う》まっている。俺《おれ》たちはかろうじて空いていたカウンター席に通された。

背の高い椅子《いす》に並んで座《すわ》ると、目の前に何冊かの本が置かれているのに気付く。明治の文豪《ぶんごう》の代表作の文庫本に、有名カメラマンの写真集。コメンテーター系芸能人のコラム集もある。

「思ったとおり、いい感じの店だね……」

コーヒーとケーキを注文してから、柊《ひいらぎ》は上機嫌《じょうきげん》に書籍《しょせき》に手を伸《の》ばしページをぱらぱらとめくっていく。

「店内の本、自由に読んでいいらしいよ。細野《ほその》くんも、遠慮《えんりょ》なく好きな本探しに行ってね……」

「おう」

ひとまず俺《おれ》は、目の前にあった小さめサイズの写真集に手を伸《の》ばした。カメラマンが日々の生活の中で一日一枚写真を撮《と》り、それを一年分まとめたものらしい。なかなかにきれいで面白《おもしろ》い写真集だったのだけど、隣《となり》の柊《ひいらぎ》が気になってあまり集中できない。

「……そう言えばさ」

注文のコーヒーが運ばれてきたところで、文庫本に目を落としたまま柊《ひいらぎ》が口を開いた。

「あの……ちょっと気になってたんだけど」

「うん」

「須藤《すどう》さんと修司《しゅうじ》くんって、どっちも今、付き合ってる人いないのかな……？」

心臓がドキリと跳《は》ねた。

なんでいまさらになってそんなこと聞くのだろう。まさか、修司《しゅうじ》のことが気になりはじめたとか、

「あ、ああ、別に深い意味はなくてね……」

さすがに唐突《とうとつ》だと思ったのか、柊《ひいらぎ》は言葉を継《つ》いだ。

「あの二人、モテそうなのにずっとわたしたちといるから……何かそういう、彼氏《かれし》とか彼女《かのじょ》とかはいないのかなって……別に、それ以上の意味はないよ」

「……そ、そうか」

慌《あわ》てたようなその言い方に、きっとそれは本音なのだろうと思う。柊《ひいらぎ》はこういうときに演技ができるタイプではない。

「二人とも、誰《だれ》とも付き合ってないし、過去にも誰《だれ》とも付き合ったことないと思う。一時期は疎遠《そえん》だったけど、そんな噂《うわさ》は耳に入ってこなかったし」

「そうなんだ、意外……」

「告られたりは、結構あったみたいだけどな……二人とも、割と真面目だから」

「そっか――……」

そして柊《ひいらぎ》は――、

「じゃあ、そ、その……」

「……ん？」

「……細野《ほその》くんは、だ、誰《だれ》かと付き合ったことはある？」

――その矛先《ほこさき》を俺《おれ》に向けた。

「誰《だれ》かを好きになったことは、ある？　……あっ、もしかしたら、今彼女《かのじょ》いたりするのかな……だとしたら、こんな風に呼び出してごめん。彼女《かのじょ》がいなくても、好きな人がいたりするんだったら……ごめん……」

妙《みょう》にしどろもどろになる柊《ひいらぎ》。相変わらずこいつは、コミュニケーションが不得手らしい。

しかし……、

「好きな人、か……」

こんなことを聞かれて、俺《おれ》はどう答えればいいんだ。

誰《だれ》かと付き合ったことも、本気で好きになった経験も今まで俺《おれ》にはなかった。

ほんの数週間前――柊《ひいらぎ》に恋《こい》していると自覚するまでは。

きっと柊《ひいらぎ》は、単に興味があって聞いているんだろう。そこまで真剣《しんけん》な回答を期待しているわけじゃないんだと思う。

けれど、ここで好きな人がいると言ってしまえば「そうなんだ、頑張《がんば》ってね」と応援《おうえん》モードに入られそうで、かといって「いない」と言うのも嘘《うそ》になってしまうわけで、経験値の足りない俺《おれ》にはどちらを答えるのが正解なのかがわからない。

十秒ほど、本気でどうすべきかを考えてから、

「……いや、誰《だれ》も好きになったことないよ」

俺《おれ》は嘘《うそ》をつく方を選択《せんたく》した。

「誰《だれ》とも付き合ったことはないし、今付き合ってる人もいない……。ていうか、俺《おれ》がそういうことできそうに見える？」

「うん、別に普通《ふつう》にできそうだけど……。じゃあ、あんまり彼女《かのじょ》とかは欲しくないのかな？ 恋愛《れんあい》には、興味がない……？」

「……いや、そんなことはない……けど」

「いつかは、できたらいいなと思う？」

「そう……だな……」

「……そっかあ」

そろそろ限界だった。

これ以上聞かれたら、きっと俺《おれ》は何か余計なことをしゃべってしまう。

「柊《ひいらぎ》はどうなんだよ」

彼女《かのじょ》が次の質問を繰《く》り出す前に、俺《おれ》はカウンターを仕掛《しか》けた。

「これまで、誰《だれ》かを好きになったり、付き合ったりしたことはある？」

「ないよ」

存外はっきりと、柊《ひいらぎ》はそう言ってのけた。

「ていうか、知ってたでしょ？　『十四歳《さい》』にも確か書いてあったよね？　わたしが、誰《だれ》にも恋《こい》したことないって……」

「まあ、そうだな……」

柊《ひいらぎ》の言うとおり、俺《おれ》は彼女《かのじょ》が恋《こい》をしたことがないのを知っていた。異性にときめいたこともなければ、ちょっといいなと思ったこともないらしい。

ただ、

「……でも、それは十四歳《さい》のときまでの話だろ？」

緊張《きんちょう》気味に、俺《おれ》は言葉を続ける。

なぜか柊《ひいらぎ》は、慌《あわ》てたように視線を泳がせた。

「だからその……それ以降というか……最近は――」

「――あ、ごめん……！」

俺《おれ》の言葉を遮《さえぎ》るように、柊《ひいらぎ》はポケットからスマホを勢いよく取り出した。

「ちょ、ちょっと電話みたい！　出てくるね！」

「え、おう……」

「ご、ごめんね話の途中《とちゅう》に！」

慌《あわ》てて椅子《いす》を立ち、俺《おれ》の後ろを通ってお手洗いに向かおうとする柊《ひいらぎ》。

けれど俺《おれ》は――しっかり見てしまっていた。柊《ひいらぎ》のスマホのディスプレイに着信の表示はなく、ただの待ち受け画面が表示されているのを。

「――うわっ」

慌《あわ》てすぎたのか、柊《ひいらぎ》が椅子《いす》に足を引っかけた。

彼女《かのじょ》はそのままバランスをくずし、ドンと俺《おれ》の背中にぶつかる。

「ご、ごめん！　またわたし……つまずいて……」

「いや、いいけど……気を付けろよ怪我《けが》しないように……」

「ほ、ほんとごめん……」

真っ赤な顔で姿勢を持ち直し、柊《ひいらぎ》は小走りでお手洗いの方へ向かっていった。

そして俺《おれ》は彼女《かのじょ》を見送りながら――背中に感じてしまった感触《かんしょく》に、ひどくうろたえていた。

こちらに倒《たお》れ込《こ》んできた柊《ひいらぎ》。肩《かた》の辺りにぶつかった、二つの丸い感触《かんしょく》……。

あれは……間違《まちが》いなく、柊《ひいらぎ》の胸だったと思う。

マンガや小説では何よりも柔《やわ》らかいものとして書かれていたけれど、まず感じたのはブラの硬《かた》さで。そして、その分厚い布の向こうにあった、意外に存在感のある柔《やわ》らかい膨《ふく》らみ。

柊《ひいらぎ》はどちらかというと細身だ。二の腕《うで》や足なんかはモデルみたいにすらっとしているし、須《す》藤《どう》もうらやましいと言っていた。

けれど胸に関しては、少なくともなんとなくのイメージ以上にはあるらしい。

「……って、何考えてるんだ、俺《おれ》は……」

今俺《おれ》は、古風な雰囲気《ふんいき》が魅力《みりょく》の喫茶店《きっさてん》にいるんだ。いくら好きな女子に胸を押《お》しつけられたとは言え、そういうことを考えるのはあまりに場違《ばちが》いだ。

気を落ち着かせるために、コップの中のコーヒーを一息で飲み干す。

お手洗いの方に視線をやると、柊《ひいらぎ》が「まったくこんなときに電話してくるなんて」みたいな顔で、必死に通話中の演技をしていた。

＊

――本を読み、合間にぽつぽつ話をし、また本を読んで三時間ほど経《た》ったところで俺《おれ》たちは店を出た。

「あの、今日は、ありがとう……おかげで楽しかったよ……」

駅前での別《わか》れ際《ぎわ》、そう言う柊《ひいらぎ》を前にして不安になってしまう。

こんな感じで大丈夫《だいじょうぶ》だったんだろうか。須藤《すどう》たちのアドバイスのおかげもあって、話が途《と》切《ぎ》れることはなかったけれど……柊《ひいらぎ》は退屈《たいくつ》しなかっただろうか。

「なんか……すまん、普通《ふつう》につれてってもらっただけになって……」

「え！　そ、そんなことないよ！」

ボブの髪《かみ》を振《ふ》り乱し、柊《ひいらぎ》はぶんぶんと首を振《ふ》った。

「こっちこそごめんね、付き合わせちゃって……。わたしばっかり、わがままきいてもらっちゃって……。けど……もしよかったら……」

柊《ひいらぎ》が、不安げに俺《おれ》の顔をのぞき込《こ》む。

「──また、付き合ってね……？」

──心臓が大きくジャンプした。

そんな意図のあるはずのない、深い意味も何もない「付き合ってね」という言葉。けれど、柊《ひいらぎ》に恋《こい》している俺《おれ》には、そのフレーズは刺激《しげき》が強すぎる。

そして──また胸ににじみ出す、色濃《いろこ》い違和《いわ》感《かん》。

何かがズレはじめているという、はっきりとした感覚。

目の前にいるのは柊《ひいらぎ》なのに──俺《おれ》は知らない人と話をしているような、得体の知れない存在を前にしているような、わけのわからない孤独《こどく》感を覚えていた。

「あと、そのね……あの……」

柊《ひいらぎ》が視線を落とし、言いにくそうに言葉を続ける。

「明日、よければ、ちょっと大事な話がしたいんだ……」

「……大事な話？」

「うん。だから、もし予定がなければ、放課後時間もらえるとうれしい……」

「……そっか、わかった。大丈夫《だいじょうぶ》、時間作るよ」

「ありがとう……」

そう言うと、柊《ひいらぎ》は顔を真っ赤にしてほほえんだ。

「じゃあ、また明日ね」

手を振《ふ》り去って行く柊《ひいらぎ》。その後ろ姿を眺《なが》めながら――胸の違和感《いわかん》が、もはや無視できるものではなくなっているのをはっきりと感じていた。

＊

――本当に、なんなんだろう。

その晩、俺《おれ》は自室のベッドの上で悶々《もんもん》と考え続けていた。

柊《ひいらぎ》に対して覚える違和感《いわかん》。数日前に芽生え、以来日に日に大きくなり続けているこの感覚。

例えるならそれは――歩いている最中《さいちゅう》、気付けば知らない場所に迷い込《こ》んでいたときのような、不安と孤独《こどく》をないまぜにしたような感覚だった。こんな気持ち、誰《だれ》かに対して抱《だ》くのは初めてだ。

単に、片思いをしているからだろうか。

自分が失敗をしないか、柊《ひいらぎ》に嫌《きら》われないかと不安なだけだろうか？

それもあるんだろう。彼女《かのじょ》の前では一挙手一投足に慎重《しんちょう》になってしまう。別れたあとには「もっとこうすれば」「もっとああすれば」と後悔《こうかい》ばかりだ。

けれど、苦しさの中にどこかうれしさも混じるその不安と違《ちが》って、胸に澱《よど》む違和感《いわかん》はシンプルな「不安感」でしかなかった。

だとしたら、俺《おれ》は柊《ひいらぎ》のどこに「不安感」を覚えているのだろう。心当たりが思い付かない。

考えていると、階下で人の声がした。玄関《げんかん》に誰《だれ》かが来たらしい。

そして、いつぞやのように足音が階段を上り、俺《おれ》の部屋の前まで来ると、

「や、細野《ほその》」

「だからノックくらいしろって……」

扉《とびら》が開き、私服姿の須藤《すどう》がそこに立っていた。

「いいじゃない、私と細野《ほその》の仲なんだし」

「どんな仲でもノックくらいはしてもらいたいけどな……。ていうかどうしたんだよ、こんな時間に」

壁《かべ》の時計を見上げると、時刻はすでに午後九時を回っていた。女子高生が知り合いの家を訪れる時間としては、ちょっと遅《おそ》すぎる。

「えっと……話したいことというか、確認したいことがあって……」

部屋に入り、後ろ手で扉《とびら》を閉める須藤《すどう》。最初は今日のデートの報告でも聞きに来たのかと思ったけれど、その表情が珍《めずら》しく深刻なことに気付いて俺《おれ》は身構えた。

「確認したいこと？」

「うん……ちょっと私も、まだ混乱しちゃってるんだけどさ……」

ローテーブルの脇《わき》に腰《こし》を下ろすと、須藤《すどう》は鞄《かばん》を漁《あさ》りはじめる。

そして、あるものを引っ張り出すと――それをこちらに向けた。

「これ……知ってるよね？」

――絶句した。

「私は今日、初めて見たんだけど」

なぜなら、その手の中にあるのは――。

須藤《すどう》が持っているのは――。

「――細野《ほその》はこの小説、知ってるよね？」

――表紙に描《えが》かれた、女子中学生のイラスト。

――シンプルなデザインの題字。

ここ一年ほど愛読し続け、そして直接俺《おれ》の人生を変えはじめた小説。
「十四歳《さい》」だった。

——世界は一つだけ、わたしたちに約束をしている。それが果たされる日が来るのを、少しだけ楽しみにも思うのです。

（十四歳《さい》／柊《ひいらぎ》ところ著　町田文庫より）

第五章 CHAPTER05

【堕落論】

「――クラスの子に……トッキーと同中の子に聞いたの」

『十四歳《さい》』に目をやりながら、犯人の特徴《とくちょう》を話す目撃者《もくげき》のような口調で須藤《すどう》は言う。

「あの子のお姉さんのペンネームが『柊《ひいらぎ》ところ』なんだって。でね、どんな本を書いてるのかなって検索《けんさく》してみたら、最新作としてこの『十四歳《さい》』が出てきた……。それで、思い出したんだ。そう言えばこの本、細野《ほその》がよく読んでたなって……」

「まあ、そ、そうだな……」

「でね、なーんか変な予感がしたから、買って読んでみたんだ。この『十四歳《さい》』。難しかったけど、ときどきわかるなーってところがあって、面白《おもしろ》かった。……で、聞きたいんだけど」

須藤《すどう》の目が、目撃者《もくげき》から探偵《たんてい》に変わった。

「これ、『トキコ』って……『トッキー』だよね?」

思わず、須藤《すどう》から目をそらしてしまった。

「……細野《ほその》もこれ、気付いてたよね? 気付かないわけないよね? それで……ちょっとわたし、まだ混乱してるんだけど、トッキーと細野《ほその》が仲良いのって、この『十四歳《さい》』って関係あるの……?」

……まあ、そうなるよな。

あまり本を読まない須藤《すどう》でも、そこに書かれている少女と柊《ひいらぎ》が同一人物であることくらいは気付くだろう。となれば、俺《おれ》と柊《ひいらぎ》の関係にも何か「十四歳《さい》」が関わっているのでは、と考えるのが自然だ。

……まずいことになったな。

柊《ひいらぎ》は、自分が「トキコ」であることを隠《かく》したがっている。

だから俺《おれ》は誰《だれ》にもそのことを話さなかったし、実際これまでトキコ＝柊時子《ひいらぎときこ》であることは、校内では俺《おれ》と柊《ひいらぎ》だけの秘密だったわけだ。

なのに、ついに気付くやつが現れてしまった。

「あの、本当は、トッキーに直接聞くべきかなって思ったんだけど……変な言い方をしてあの子を傷つけたりしたら嫌《いや》だなって。あの子繊細《せんさい》だし、この本のことも何か事情があるのかもしれないし……。だから、まずは細野《ほその》に聞いてみようかなって……」

おそらく、それは正しい判断だ。

柊《ひいらぎ》がトキコだと初めて知ったあの日。あのときの柊《ひいらぎ》は、今考えても過剰《かじょう》に思えるほどの焦《あせ》り方をしていた。きっと彼女《かのじょ》の中で、「自分がトキコのモデルである」ということは、かなりデリケートな事実なんだろう。俺《おれ》が「十四歳《さい》」のファンだったせいか、その後はそれほど気にしていないようだったけど、普段《ふだん》本を読まない須藤《すどう》がそのことに気付いたとなれば彼女《かのじょ》たちの関係も変わってくる可能性もある。

せっかく柊《ひいらぎ》と須藤《すどう》たちは友人になれたんだ。ここで変に揺《ゆ》さぶりをかけるようなことはしたくなかった。

とは言え……俺《おれ》はどうするべきだろう。

ストレートにぶつけられた疑問を、どう切り抜《ぬ》ければいいんだろう。

適当に嘘《うそ》をついて話を流そうか、と思うけれど、すべてにつじつまが合う説明はすぐに思いつけそうにない。そもそも、うまく嘘《うそ》をつけたところで、須藤《すどう》が柊《ひいらぎ》と話す中で違和感《いわかん》を覚える可能性もあるだろう。

「今は言えない」と回答を拒否《きょひ》する手もある。ただ、それはそれで須藤《すどう》の中にしこりを残すかもしれない。

……だとしたら。ここだけの話として、事情を明かすしかないか。

これまでのことをすべて話して、柊《ひいらぎ》のことをそっとしておいてくれるよう頼《たの》む。それがいまのところは、いちばん波風が立たない対応な気がする。本人に無断で話すのは気が引けるけれど……きっと柊《ひいらぎ》も、事情を話せば理解してくれるはずだ。

「……まあ、いろいろあってさ」

そう切り出すと、須藤《すどう》は形の良《い》い眉《まゆ》をひそめ、

「どんないろいろ……？」

「話せば長くなるんだけど……もともと俺《おれ》、中学のときにその本をたまたま本屋で見つけて、すごく好きになったんだよ――」

須藤《すどう》に説明した。中学の頃《ころ》から「十四歳《さい》」に心酔《しんすい》していたこと。高校で突然《とつぜん》、そのヒロイン

であるトキコが目の前に現れたこと。彼女《かのじょ》から助けて欲しいと頼《たの》まれたこと。そして、恋《こい》に落ちてしまったこと。

「──だからつまり……」

真剣《しんけん》な顔で話を聞いている須藤《すどう》に、俺《おれ》はこう結論づけた。

「須藤《すどう》の言うとおり、トキコは柊《ひいらぎ》だよ。言ってみれば今俺《おれ》たちは、トキコのエピローグの先を見てるんだよ」

「……なるほど、そっか」

言うと、須藤《すどう》は何かを考えるようにうつむいた。

「トッキー、トキコのモデルなんだね……。そりゃ似てるわけだなー……」

少しだけ、意外なリアクションだった。

須藤《すどう》ならもっと「えーすごい！」だの「サインもらわなきゃ！」だの大はしゃぎすると思っていたのに。なぜだろう。何を須藤《すどう》は、そんなに深刻な顔をしているんだろう。

「……えっと、じゃあ細野《ほその》は、この本の『トキコ』が大好きで、それをきっかけにトッキーにも興味を持って交流するようになった、ってことなんだよね？」

「まあ、そうだな。きっかけというか、トキコ自身が好きだったから、そのまま柊《ひいらぎ》に興味があるってことになるけど」

「それで、小説のおかげであの子の考えとか好みはわかるから、うまくトッキーを助けることができていた……」

「だな」

「そっか……」

もう一度うつむく須藤《すどう》。

「そっかー、そっかー……」

そして彼女《かのじょ》は深く息を吐《は》き出すと、

「うーん、なんか……それ結構、危《あや》うい感じがするなー……」

「……危《あや》うい？」

「……あ、いや！　違《ちが》うの！　私の勘違《かんちが》いかも知れないんだけどさ」

顔を上げると、須藤《すどう》は顔の前で手を振《ふ》って見せた。

「えーっと、一応聞きたいんだけど……細野《ほその》が好きなのは『十四歳《さい》』のトキコじゃなくて、目の前にいる柊時子《ひいらぎときこ》だよね？」

「……は？」

「いや、なんだかそれがごっちゃになってるように聞こえたから……どうなのかなと思って」

「……いやいや、だからごっちゃも何も、実際に同じ人なんだって。この『十四歳《さい》』は、柊《ひいらぎ》を小説にしたものなんだから。須藤《すどう》も読んだんだろ？　ならわかるだろ？　ここに書かれてるのは完全に柊《ひいらぎ》本人だって」

「それは、そうだけど……」

言葉を選ぶように、須藤《すどう》はしばし視線を宙に泳がせ、

「確かにこの小説、すごくトッキーの気持ちだとか感覚を表現できてるなって思うよ。作者の柊《ひいらぎ》ところさん、すごい人なんだなと思う」

「だろ？」

「実際、取材もしたんだろうし、トッキー本人が認めてるなら、これはそのままトッキーの生き写しなんだと思う。だけど――」

須藤《すどう》はこちらを見ると、気遣《きづか》わしげに俺《おれ》の顔をのぞき込《こ》み。

「――トキコはいつまでも『十四歳《さい》』だけど、トッキーは変わっていくよね？」

――変わっていく。

その言葉に――なぜだか妙《みよう》にドキリとした。

俺《おれ》の心の中に渦巻《うずま》いている何かに、はっきりと形にならない何かにわずかに触《ふ》れるような感《かん》触《しよく》。

「実際、これが出たのが去年で、書いたのは多分一昨年《おととし》とかだよね。もうそれから、二年経《た》ってる。それに、トッキー高校に入って、いろいろと変化があったじゃない。いつまでも、トッキーは『トキコ』のままじゃないんだと思うよ」

――鼓動《こどう》が加速していく。

無意識のうちに目を背《そむ》けていた事実に、強制的に意識をフォーカスさせられる感覚。

「だから、確かにきっかけは『十四歳《さい》』だったかもしれないし、最初はそれでうまくいってい

たかもしれない。そのこと自体が、間違《まちが》いだったとは思わないよ。けど……目の前に現れた

柊《ひいらぎ》時子《ときこ》は一人の人間で、物語のヒロインじゃないんだから……細野《ほその》はちゃんと、人間である

柊《ひいらぎ》時子《ときこ》を好きでいた方がいいんだと思う」

そこまで言うと、須藤《すどう》は取り繕《つくろ》うような笑《え》みを浮《う》かべ、

「あ！　もちろん、お節介《せっかい》だったら無視してくれていいからね！　私の心配しすぎかも知れな

いし、二人が幸せだったら、私はそれがどんな関係であってもいいと思ってるし、その……」

しかし俺《おれ》は——うまく須藤《すどう》の言葉に、返事をすることができなかった。

もしかして。

もしかして、俺《おれ》が抱《だ》いていた違和感《いわかん》は——それじゃないのか。

認めたくはなかった。けれど、そうだと考えるとすべてに説明が付く。付いてしまう。

柊《ひいらぎ》は、変わった。

トキコのモデルの頃《ころ》の彼女《かのじょ》であれば、須藤《すどう》や修司《しゅうじ》と仲良くすることなんてなかっただろう。

カラオケに行ったり家にみんなを招いたり、そんなことをするはずがなかった。

それだけじゃない。

彼氏《かれし》でも何でもない男子を休みの日に呼び出したり、手を繋《つな》いで歩いたり——「また付き合

って」なんて言うはずがなかった。

そして俺《おれ》が違和感《いわかん》を覚えたのは——そうやって、柊《ひいらぎ》が「トキコ」ではあり得なかった行動を取ったときじゃなかったか？

胸の辺りでわだかまっていた感覚が、明白な形をあらわにしはじめる。

混乱が、ジワジワと頭の支配領域を広げていく。

柊《ひいらぎ》が——トキコじゃなくなっていく。

「十四歳《さい》」で描《えが》かれたあの頃《ころ》から、遠く離《はな》れていく。

初めて柊《ひいらぎ》に助けて欲しいと言われたとき。「俺《おれ》ならできる」と思えた。それまで人と付き合うことを避《さ》け、平穏《へいおん》に暮らすことだけを考えていた俺《おれ》が、柊《ひいらぎ》を助けたいと思った。

それは彼女《かのじょ》が、トキコだったからだ。

一年間にわたって共感し、憧《あこが》れ続けた相手、トキコだったからこそ、俺《おれ》は彼女《かのじょ》のそばにいることにしたのだ。

じゃあ、俺《おれ》は——トキコじゃなくなった彼女《かのじょ》のそばにいられるのか？

それでも、彼女《かのじょ》のことを好きだって言い切れるのか？

「……細野《ほその》？」

須藤《すどう》が俺《おれ》の顔をのぞき込《こ》む。

「だ、大丈夫《だいじょうぶ》……？　顔色わるいけど……」

「……あ、ああ、すまん、大丈夫《だいじょうぶ》だ」

一度頭を振《ふ》って、俺《おれ》は須藤《すどう》に笑顔《えがお》を作ってみせた。

「ちょっと、いろいろ考えちゃって。でもまあ、大丈夫《だいじょうぶ》だと思う。俺《おれ》があいつを好きな気持ちは本物だと思うし、別に変わったからってどうともならないと思う」

「な、ならいいんだけど……」

須藤《すどう》の顔には、明らかに焦《あせ》りの色が浮《う》かびはじめていた。俺《おれ》がここまでの反応を見せるのが予想外だったのかも知れない。

「ごめん、急に夜中にお邪魔《じゃま》して……それがちょっと、気になっただけだから」

「おう、まあ気にしないでくれ、大丈夫《だいじょうぶ》だから……」

「うん、わかった……」

須藤《すどう》を玄関《げんかん》まで見送り、俺《おれ》はまた部屋に戻《もど》ってきた。

頭の中では、彼女《かのじょ》に言われたことをうまく整理できないままでいた。

——柊《ひいらぎ》は変わっていく。

——いつか「トキコ」ではなくなってしまう。

俺《おれ》が抱《だ》いている違和感《いわかん》は、本当にそのことに対するものなんだろうか。

そして、もしそれが事実だとしたら——これから俺《おれ》と柊《ひいらぎ》の関係はどうなっていくんだろう。

そこまで考えて、思い出した。

スマホを取り上げ、予定表を確認する。

明日の放課後、俺《おれ》は柊《ひいらぎ》から話があると言われている。

彼女《かのじょ》が何を話すつもりなのかはわからない。ただの雑談なのかも知れないし、何かを打ち明けられるのかも知れない。

それでもきっと——そこですべてがはっきりするんだろう。

違和感《いわかん》の正体も、これからの俺《おれ》たちがどうなるのかも、そのときにわかるのだろう。

予感、というよりは確信に近い気持ちで、俺《おれ》はそう思った。

通学鞄《かばん》を手に取り、中から「十四歳《さい》」を引っ張り出す。

いつもは手にするだけで、少し強くなれたような気がしたそれが——今はなぜか、酷《ひど》く心許《こころもと》ないおもちゃの武器のように見えていた。

＊

「——本当にごめんね、毎日毎日……」

翌日。一旦帰宅してから公園に再集合すると、ベンチで待っていた柊《ひいらぎ》は申し訳なさそうに笑った。

「でも、今日はそんなには長くならないと思うから……ちょっとだけ、話を聞いてください」

「……うん、俺《おれ》は全然かまわないよ」

柊《ひいらぎ》のその表情を見ながら、彼女《かのじょ》の向かいで俺《おれ》は少しだけ安堵《あんど》していた。

須藤《すどう》からあんな話をされて、どうなることかと身構えてしまっていた。登校したその瞬間《しゅんかん》から、柊《ひいらぎ》がこれまでとは違《ちが》う別人のように見えてしまうんじゃないか、なんて。

けれど、今日も柊《ひいらぎ》は俺《おれ》の知っている柊《ひいらぎ》のままで。トキコと区別の付かない控《ひか》えめな文学少女のままで、どうやら俺《おれ》も須藤《すどう》も心配しすぎだったらしい。

公園内、道路標識のようなポールに据《す》え付けられた時計は、午後五時すぎを指していた。

この時間帯の公園の主な利用者は小学生のようだ。サッカーをしている小学生、ルールもなく追いかけ合っている小学生、片隅《かたすみ》でゲームをしている小学生――。時折上がる歓声《かんせい》が、夕方の住宅街をするどく切り裂《さ》いて空に溶《と》けていく。どこかの家で作っているんだろう、俺《おれ》たちのいるベンチまでカレーの匂《にお》いが漂《ただよ》ってきていた。

「……で、話っていうのはね」

柊《ひいらぎ》が切り出した。

「お礼をしたいなって思って……」

「お礼？」

思いもよらない言葉に、思わずたずね返した。

「うん。最初に助けてってお願いしたとき、ちゃんとお礼はするからって話したよね？　でも、それが今までできてなかったから、そろそろ何かしたいなと思って……」

「……ああ」

そう言えば、そんなことも言っていた。

そのときの俺《おれ》は「トキコ」にお願いをされたことが、彼女《かのじょ》と関わりを保てそうなことがただただうれしくて、そんな話はすっかり忘れていたけれど。

「あれから細野《ほその》くんのおかげで、須藤《すどう》さんと修司《しゅうじ》くんっていう友達ができて……これからも、うまくやっていけるかもって思えたんだ。だから、ちゃんと細野《ほその》くんにお礼がしたいの……」

「いいよ別に。そういうのが欲しくて手助けしたわけじゃないし、俺《おれ》もまあ、楽しかったし」

「でも、このままっていうのも、わたしの気持ちが収まらないの。細野《ほその》くん、いろいろ頑張《がんば》ってくれたよね。なのに、お返しができないのは苦しいんだ。だから、何かさせて欲しい」

「……そっか」

そこまで言うなら、遠慮《えんりょ》はしない方がいいのかも知れない。

「十四歳《さい》」でもトキコは義理堅《ぎりがた》い方だったし、その気持ちは無碍《むげ》にはしたくなかった。

「じゃあ、お願いしようかな……」

ただ……屈託《くったく》のない柊《ひいらぎ》の顔を見ていて。ふと思う。

もしかしたら、これで俺《おれ》たちの関係は一区切りになってしまうのかもしれない、と。

柊《ひいらぎ》に友達ができた。これを足がかりにして、彼女《かのじょ》は今後も少しずつ交友関係を広げていくんだろう。

だとしたら――彼女《かのじょ》にはもう俺《おれ》のサポートは必要ないのかも知れない。

「……どうしたの？」

柊《ひいらぎ》が不安げにこちらをのぞき込《こ》む。

「なんだか……ちょっと、悲しそうだけど」

「……ああいやいや、何でもないよ！」

慌《あわ》てて首を振《ふ》り、笑顔《えがお》を作ってみせた。

少しだけ寂《さび》しい気持ちになってしまうのは事実だった。二ヶ月ほど続いた、俺《おれ》と柊《ひいらぎ》の心地《ここち》好《よ》い関係が終わってしまう。

けれど……柊《ひいらぎ》はようやく望んでいたものを手に入れることができたんだ。この笑顔《えがお》が見たくて、俺《おれ》は彼女《かのじょ》に協力していたんだ。

だったら俺《おれ》も、彼女《かのじょ》と一緒《いっしょ》にそのことを喜びたい。

「ちなみに、お礼って具体的にはどういうことをしてもらえるんだ？」

「わたしにできることなら、なんでもいいよ。ちょっと難しいことでも、できるだけ頑張《がんば》るから。でも、具体的にってなると、そうだなあ……」

柊《ひいらぎ》は赤く染まりはじめた空に視線を泳がせ、

「……美味《おい》しいものをおごるとかでもいいし、『十四歳《さい》』に出てきた何かをあげてもいいよ。

毎朝使ってるキノコの形の目覚まし時計とか……」

「日用品をもらうのは申し訳ないな」

思わず笑ってしまった。

キノコの形の目覚まし時計。確かに「十四歳《さい》」に何度か出てくるアイテムで、気になるのは気になるけれど、それを柊《ひいらぎ》から取り上げるのはさすがにかわいそうだ。

「じゃあ、お姉ちゃんのサインとか？　多分お願いすればいくらでも書いてくれると思う。あとは、そうだな……興味があれば、担当の野々村《ののむら》さんとの食事とかでもいいし……」

その二つは、確かになかなか面白《おもしろ》そうだった。柊《ひいらぎ》にしかできないことで、なおかつ俺《おれ》が本当にうれしいお礼だ。野々村《ののむら》さんとの食事に関してはかなり緊張《きんちょう》してしまいそうだけど、「十四歳《さい》」の裏話が聞けそうな気がする。

「あとは……お姉ちゃんの部屋の本好きなだけ貸すとか、欲しいものがあるならそれをプレゼントするとか、それから――」

そこまで言うと――柊《ひいらぎ》はちらりとこちらに視線を戻《もど》し、

「――彼女《かのじょ》が欲しいとか、そういうのでもいいし……」

「……え？」

間抜《まぬ》けにも、素《す》っ頓狂《とんきょう》な声を上げてしまった。

「彼女《かのじょ》が、欲しい……？」

「うん……その、この間言ってたでしょう？　いつかは彼女《かのじょ》ができたらいいなって……」

なぜかこちらから視線をそらし、言葉に詰《つ》まり気味に柊《ひいらぎ》は説明する。

「だからもし、わたしに手伝えることがあったら、彼女《かのじょ》作りとか協力できないかなって……」

――胸の中で、わずかに門が開く音がした。

これまで必死に押《お》さえ込《こ》んできた、中身を漏《も》れ出さないようにしてきた、心の奥《おく》の重たい門。

柊《ひいらぎ》の言葉をきっかけにして、今そこから――少しずつ「違和感《いわかん》」がしみ出しはじめていた。

――彼女《かのじょ》作りに協力したい。

その言葉。人と積極的に関わろうという言葉。

「……協力って、具体的にはどうするんだ？」

たずねると、柊《ひいらぎ》はいっそうあたふたとしはじめ、

「え、えっとそれは……具体的に考えてるわけじゃないけど……例えば、細野《ほその》くんの好みを聞いて、そういう女の子を……紹介《しょうかい》する、とか？」

――柊《ひいらぎ》が言葉を発する度《たび》、門がじわじわと開いていく。

違和感《いわかん》が、広くもない俺《おれ》の胸を確実に浸食《しんしょく》していく。

――好みを聞く。

――女の子を紹介《しょうかい》。

公園に満ちていた子供たちの声が、すうっと遠ざかっていく。

そして――今さら気付いた。

柊が、制服ではなく、見たことのないワンピースを着ていることに。

わざわざ着替えたのか？　たかだかクラスメイトに会うために？

どうして俺は――そのことに気付かなかった？

「……あ、あの、もし今もう気になる女の子がいるんだったら、その子と仲良くなる応援《おうえん》をするよ！　今のわたしだったら、前よりはもっと、そういうことできると思うから……」

少しだけ残されていた希望が、これまでどおりでいられるんじゃないかという期待が、違和《いわ》感《かん》で塗《ぬ》りつぶされていく。

俺《おれ》と柊《ひいらぎ》の関係が、取り返しの付かない形で変えられていく。

そして、柊《ひいらぎ》は。

目の前の柊時子《ひいらぎときこ》は、致命《ちめい》的な一言を俺《おれ》に告げた。

「あと、嫌《いや》じゃなければ……」

そう前置きして、うつむく柊《ひいらぎ》。

そして彼女《かのじょ》は、午後五時半を告げるチャイムと同時に視線をこちらに向け――こう言った。

「……わたしが、『彼女《かのじょ》』になるけど」

——風邪《かぜ》でも引いたように真っ赤に染まった頰《ほお》。

——今にもこぼれそうにうるんだ瞳《ひとみ》。

——控《ひか》えめにこちらを向いている、漆黒《しっこく》の虹彩《こうさい》。

唇《くちびる》は思い詰《つ》めたようにきゅっと結ばれ、固く握《にぎ》った手は胸元《むなもと》に押《お》しつけられている。

ワンピースに包まれた細い肩《かた》が、小刻みに震《ふる》えていた。

そして、そんな彼女《かのじょ》を前にして、

——俺《おれ》の胸の門は完全に開ききった。


怒濤《どとう》のように、黒い靄《もや》がわき出す。

不安と違和感《いわかん》が「明白な一つの気持ち」となって、俺《おれ》の脳に一つの疑問を作り出す。

——誰《だれ》だ?

——目の前にいるこの少女は、誰《だれ》なんだ?

嫌《いや》じゃなければ、わたしが彼女《かのじょ》になる。

トキコは人間関係を、「彼氏彼女《かれしかのじょ》という関係」を一つの景品みたいに扱《あつか》える女の子ではなかったはずだ。

だから、はっきりと思い知る。

須藤《すどう》の言葉は――間違《まちが》いじゃなかった。

柊《ひいらぎ》は変わっていく。いつまでも「十四歳《さい》」ではいられない。

今俺《おれ》の目の前にいるのは――かつてトキコだった。

そして今は――そうでなくなってしまった少女だった。

高校生になり友達を増やしたいと願い、知り合ったばかりの同級生とカラオケに行き、彼《かれ》らを勉強のために自宅に招き、男友達と手を繋《つな》ぐ。

そして――その男友達への礼として、自分が彼女《かのじょ》になると提案する、十五歳《さい》の、そんな少女。

懐《なつ》かしさすら感じる「不安」と「恐怖《きょうふ》」が、身体《からだ》中にしびれみたいに満ちていく。

――この子の気持ちがわからない。

何を考えて、どんなことを思って俺《おれ》の前にいるのかわからない。

何を言えばいい？　何をすればいい？

また俺《おれ》は、不用意な一言でこの少女を傷つけてしまうんじゃないのか？

目の前で「トキコ」が消えてしまったことが、そしてそれの片棒を自分が担《かつ》いでしまったことが、変わってしまった少女が目の前にいることが、耐《た》えがたいほどに苦しかった。

そして何よりも――そんな風に思う自分が。

目の前の女の子にヒロインをかぶせて、勝手に期待して、それが叶《かな》わなかった途端《とたん》これほどにうろたえてしまう自分が――吐《は》き気《け》がするほど許せなかった。

「……ど、どうしたの？」

視界の片隅《かたすみ》で、柊《ひいらぎ》が俺《おれ》の顔をのぞき込《こ》んだ。

「顔色わるいし、汗《あせ》かいてるよ……？」

「……ごめん」

固形物を吐《は》き出すような思いで、俺《おれ》はなんとか口を開いた。

そして、

「俺《おれ》はもう、柊《ひいらぎ》のそばにはいられない」

「えっ」

虚《きよ》を突《つ》かれたように、柊《ひいらぎ》が目を見開いた。

微動《びどう》だにせず、感情の読み取れない表情でこちらを見ている。

そして、わずかに口を開くと、かすれたような声で俺《おれ》にたずねた。

「どうして」

「……ごめん、全部俺《おれ》のせいだ」

回らない頭で、俺《おれ》は柊《ひいらぎ》に打ち明けた。

俺《おれ》の身勝手な期待を。あまりにもわがままな失望と、こみ上げる不安感を。

「……俺《おれ》はもう、柊《ひいらぎ》の気持ちが、わからない」

柊《ひいらぎ》はまばたきもせずに、呆然《ぼうぜん》と俺《おれ》を見ている。

「前は、もっとうまくできたんだ。『十四歳《さい》』を読んでたから、わかったんだ……。ずるいけど、それでなんとかなってた……。だけど、もう、柊《ひいらぎ》はあの頃《ころ》の柊《ひいらぎ》じゃないよな……明るくなったし、よく笑うようになった……」

柊《ひいらぎ》は動かない。

「それは、いいことだよ、すごくいいことだ。なのに……ごめん……俺《おれ》はそうなった柊《ひいらぎ》が、もうわからない……わからなくて、傷つけそうで、怖《こわ》くて……。それに、そんな風に思う俺《おれ》自身も嫌《いや》なんだよ……」

そして俺《おれ》は、動かない柊《ひいらぎ》に告げた。

「——もう、終わりにしよう」

気付けば、公園から小学生たちの姿は消えていた。きっと夕飯を食べに帰ったのだろう。

ここにいるのは、最悪な理由で人から離《はな》れようとしている俺《おれ》と、その被害者《ひがい》である柊時子《ひいらぎときこ》だ。

俺《おれ》は今、目の前の女の子を、大切だったはずの少女を酷《ひど》く傷つけようとしている。

湿《しめ》り気《け》を感じる風が児童公園を吹《ふ》き抜《ぬ》けていく。柊《ひいらぎ》の髪《かみ》が、じっとりと束になって揺《ゆ》れる。

彼女《かのじょ》はゆるゆると視線を下げ、そのまま深くうつむいた。

前髪《まえがみ》に顔が隠《かく》れ、表情が読み取れなくなる。

そして、

「いやだ」

小さく、そう聞こえたような気がした。

「そんなの、いやだ」

わずかに開かれた柊《ひいらぎ》の口から漏《も》れたように聞こえた、かすれる声。

あるいはそれは——俺《おれ》の願望が作り出した、幻聴《げんちょう》だったのかも知れない。

何十時間にも思える沈黙《ちんもく》のあと、

「……そっか」

言うと——彼女《かのじょ》はこちらを向いた。

困ったような笑《え》みを、その顔に貼《は》り付けて。

「そっか、わたし、細野《ほその》くんに、そんな思いさせちゃってたんだね……。ごめんね、興味持ってもらったのに甘《あま》えて、ずいぶんわがまま言っちゃったよね……」

世間話でもするときのように、普段《ふだん》と全く変わらないトーンでそう言う柊《ひいらぎ》。

けれど今の俺《おれ》には、それが空元気なのか、本心からの言葉なのか区別が付かなかった。

「あのね、細野《ほその》くんは自分がしたことをズルだって言ったけど……それはわたしも同じなんだよ。わたしだって、人付き合いが苦手なのに、細野《ほその》くんなら仲良くできるって思ったから……気持ちを理解してくれるって思ったから、あんな風に頼《たよ》っちゃったんだ」

彼女《かのじょ》はあはは、と笑い、

「だから、わたしたち、お互《たが》い様かもね……」

もう一度、俺《おれ》たちの間を風が通り抜《ぬ》けていく。

今の俺《おれ》には言葉を返すことも、その目を見ることさえもできなかった。

柊《ひいらぎ》が、すっくとベンチから立ち上がる。

手の平でスカートを払《はら》い、彼女《かのじょ》は腰《こし》掛けたままの俺《おれ》に向かい合った。

「……今までありがとうございました」

ぺこりと頭を下げる柊《ひいらぎ》。

「細野《ほその》くんに助けてもらえて、一緒《いっしょ》に出かけたりできて、本当に幸せでした」

それだけ言うと、柊《ひいらぎ》は振《ふ》り返り、

「さよなら」

小さくつぶやいて、小走りで公園を出て行った。

ワンピースの背中が曲がり角を曲がって、視界から消えていく。


——終わった。

——すべてが終わった。

身体《からだ》の一部がごっそり欠けたような喪失《そうしつ》感を覚えていた。

これで俺《おれ》は、エピローグの前に戻《もど》ったのだ。

高校でも、中学と変わらず誰《だれ》とも深く関わらずにいるつもりの。交《か》わす会話は最少限、部活にも入らないし委員会活動も最低限。人間関係だって、できるだけ小規模で終わらせるつもりの、つまらない男子高生に。

身体《からだ》中から力が抜《ぬ》けていく。

その場に立ち上がる気力も、今の俺《おれ》には残されていなかった。

見上げると、藍《あい》と橙《だいだい》の交じり合った空を、飛行機が白く区切りながら北の方角へ飛んでいった——。

――保証なんてされない。幸福も不幸も、正義も不正義も、雑種犬も寝癖《ねぐせ》も、御託《ごたく》も思い上がりも。それでも、いつかは、いつかはと思い続けて生きていくのでしょう。薄情《はくじょう》に回る世界で。

（十四歳《さい》／柊《ひいらぎ》ところ著　町田文庫より）

第六章 CHAPTER06

【もどかしいこの場所に君といるということ】

ウレタンの床《ゆか》タイルに、陽炎《かげろう》が揺《ゆ》れていた。

七月。真昼の屋上は、水飴《みずあめ》みたいな粘度《ねんど》の熱気に満たされている。照りつける日差しは暴力的で、時折吹《ふ》く風は効率的に熱を日陰《ひかげ》まで運んできて、俺《おれ》は腰掛《こしか》けている給水塔《とう》の陰《かげ》で額の汗《あせ》を拭《ぬぐ》った。

辺りを見渡《みわた》しても、他の生徒の姿は見えない。ちょっと前まで大いに賑《にぎ》わい、昼休みには場所取りの争奪《そうだつ》戦が行われていたこの場所も、さすがに初夏ともなれば他に利用者はいないようだった。

購買《こうばい》で買ったパンの袋《ふくろ》を開けつつ、向こうの部室棟《とう》に目をやる。

薄暗《うすぐら》い音楽室、美術室、書道室に技術室では、何人かの文化部員たちが練習をしたり昼ご飯を食べたりしていた。

そんな彼《かれ》らを、どこか異世界の存在のように感じていると、

「……ん」

ズボンの中で、スマホが震《ふる》えた気がした。

ぬるぬるとポケットからスマホを取り出し、画面を確認してみる。

けれど——通知は何も表示されていない。

勘違《かんちが》いだったようだ。

——須藤《すどう》たちからメッセージが来なくなって、一週間ほどが経《た》っていた。

柊《ひいらぎ》に「もう一緒《いっしょ》にいられない」と告げたあの日以来、俺《おれ》は柊《ひいらぎ》だけじゃなく須藤《すどう》と修司《しゅうじ》とも完全に関係を絶っていた。

登校しても、目の前の柊《ひいらぎ》とは一切口をきかず。須藤《すどう》たちが教室に来れば席を立ってやり過ごす毎日。

二人に話しかけられても適当にお茶をにごしてその場を立ち去ったし、昼休みだって、こうして彼《かれ》らに見つからない場所で一人過ごすようになっていた。

最初のうちは、それこそ一日何通も二人からメッセージが送られてきた。

——ごめん、私がよけいなこと言ったせいだよね……。話がしたいから返事ください……。

——何があったかだけでも教えてくれないかな。このままなのはちょっと俺《おれ》も残念だ。

——私に怒《おこ》るのはしかたないけど、せめてトッキーとは仲良くできないのかな……？

——須藤《すどう》も柊《ひいらぎ》も落ち込《こ》んでるんだよ。なんとか戻《もど》って来れないのか？

それらを読む限りでは、今でも彼《かれ》らの間には交流があるようだった。昼ご飯も一緒《いっしょ》に食べているのかも知れない。その割に柊《ひいらぎ》は、こうなった細かい経緯《けいい》を二人に話していないらしかった。

それから、どうやら須藤《すどう》はこの状況《じょうきょう》に責任を感じているようだ。あいつのことだ、自分が俺《おれ》にかけた言葉が今回の引き金になったことに何となく気付いているんだろう。実際は、あいつが気に病《や》むようなことは一つもないのだけど。

そして、俺《おれ》は送られてきた彼《かれ》らのメッセージを——完全に無視した。

彼《かれ》らに言うことなんてなかったし、何かを言いたいとも思わなかった。

そうしているうちにメッセージの来る頻度《ひんど》はどんどん下がっていき、一週間ほど前にはついに0になった。

「戻《もど》って来い、か……」

修司《しゅうじ》のメッセージを思い出し、俺《おれ》は菓子《かし》パンをかじりながら思わずこぼした。

熱でべちゃべちゃになったクリームは、ほとんど味が感じられなかった。

一体、どの面を下げて戻《もど》れるというのだろう。

あんな風に柊《ひいらぎ》を傷つけた俺《おれ》が、どうやってまた彼女《かのじょ》と話せばいいというんだろう。

結局、あるべき姿に戻《もど》っただけなのだと思う。

誰《だれ》とも関わらず、ひっそりと毎日を過ごす。高校に入学した頃《ころ》に、俺《おれ》が望んでいたはずの姿に。痛すぎるくらい痛い目に遭《あ》って、俺《おれ》はようやく自分の身の程《ほど》を知ったのだ。

ため息をつきながら、紙パックのジュースにストローを突《つ》き立てる。

けれど、伸《の》び縮《ちぢ》みするタイプのそれは差し込《こ》み口の薄《うす》い紙すら破ることができなくて、真ん中からやる気なくポキリと折れてしまった。

＊

「──やあ、ずいぶん久しぶりだね」

学校からの帰り道。

何となく立ち寄った書店で目に付いた文庫本を立ち読みしていると、聞き覚えのある声が背後で上がった。

びくりと振《ふ》り返ると、女性らしさ溢《あふ》れる体に薄《うす》い黒のワンピースをまとい、茶色い皮のサンダルを履《は》いた背の高い女性が、柊《ひいらぎ》ところが至近距離《きょり》に立っている。

「……ど、どうも、お久しぶりです」

突然《とつぜん》の登場に後ずさりつつ、思わず視線を落とした。

今俺《おれ》の中で「十四歳《さい》」は苦い思い出の象徴《しょうちょう》になりつつある。その作者にこうやって鉢合《はち》わせるのは、少なからず気まずい思いだった。

けれど、

「よかったよ、君にずっと会いたかったんだ」

心底うれしそうな表情で、柊《ひいらぎ》ところは俺《おれ》の顔をのぞき込《こ》む。

「わたしは君の連絡《れんらく》先も住所も知らないからね。わかってるのは、本好きということくらいだ。

だから、この本屋に来る度《たび》に、君がいないかといつもそわそわしていたんだ」

なぜだろう、もはやその口調は、上機嫌《きげん》を越《こ》えてはしゃいでいるようにも聞こえた。

「……ずいぶん楽しそうですね」

「やっぱりわかるんだね。ああ、わたしはこの店が大好きだからさ。ここにいるだけで幸福な気分になるんだ、愛していると言ってもいい」

柊《ひいらぎ》ところはスカートを翻《ひるがえ》し、踊《おど》るようにその場でくるりと回った。

「だって見てくれ、この品揃《ぞろ》え。古い名作をきちっと取りそろえた上で、気になる新作、発売からちょっと経《た》った良作まで棚《たな》に置き続けている。そのチョイスにね、本に対する愛を感じてしょうがないんだ」

「……そうですか」

「それにね、この店は……」

言うと、柊《ひいらぎ》ところは俺《おれ》の耳元に口を近づけ、囁《ささや》くようにこう言った。

「わたしの本を、客の目に付きやすいレジ横に置いてくれるんだよ……」

「……はあ」

思わず、ため息を漏《も》らしてしまった。

今の俺《おれ》には、このテンションは少々辛《つら》いものがある。用もないようだし、さっさとおいとましてしまおう。

「じゃあ、俺《おれ》はこれで……」

そう言って、彼女《かのじょ》の横をすり抜《ぬ》けようとするけれど、

「んふふふー、ちょっと待ってくれよ」

柊《ひいらぎ》ところは俺《おれ》の行く手を遮《さえぎ》り、歌うような声でそう言った。

「言ったじゃないか、君にずっと会いたかったんだって」

「……何か用があるんですか？」

「ああ、大ありだ。このあとちょっと時間もらえるかい？」

「……あんまり気は進みませんけど」

「つれないねえ……。でも、大事な話があるからさ」

「大事な話？」

「ああ。わたしの仕事にも関わることだ。ぜひ小一時間、付き合ってもらいたい」

そう言われてしまうと、これ以上は断りづらい。

相変わらず気は乗らないけれど、話くらいは聞いた方がいいかも知れない。

「まあ、小一時間なら……」

しぶしぶ了承《りょうしょう》すると、柊《ひいらぎ》ところは口角を三日月のようにキューーと持ち上げ、

「そう来なくっちゃ」

店の外へ向かって歩き出した。

「ついてきてくれ。今日の夕飯はおごらせてもらうよ――」

＊

連れてこられたのは、住宅街の中にあるこじんまりとしたイタリアンの店だった。

席は全部で十に満たないほど。暖色の照明がともされた薄暗《うすぐら》い店内には、自分たちの他に三人連れの客がいた。

柊《ひいらぎ》ところはここの常連らしい。店主に軽く挨拶《あいさつ》してから俺《おれ》にメニューを差し出し、

「何を飲む？　ビールでもワインでもかまわないよ」

「……あの、俺《おれ》未成年なんですけど」

「知ってるよ、冗談《じょうだん》だ。ソフトドリンクのメニューはここ。お冷やがよければそれでもいい」

「じゃあ、お冷やで……」

柊《ひいらぎ》ところはワインといくつかの料理を店主にオーダーした。

「――では、再会を祝して、乾杯《かんぱい》」

「……乾杯《かんぱい》」

気乗りしないままグラスを打ち合わせ、お通しに出されたクラッカーをつまむ。

レバーのパテ（というらしいペーストのようなもの）が乗ったそれは、これまであまり味わ

ったことのない不思議な味がした。

「──で、さっそくだが」

料理が出されはじめたところで、顔を赤くした柊《ひいらぎ》ところが切り出す。はやくも少々酔《よ》いはじめているらしい。

「今日は君に、確認と相談がある」

「……なんですか」

「まずは確認」

そう前置きすると、グラスの中のワインを遠い目で眺《なが》めながら、

「──時子《ときこ》から話は聞いたよ。今はもう、あの子と距離《きょり》を取ってるんだってね」

……やっぱりその話になるのか。

予想はしていたことだけれど、彼女《かのじょ》の名前を出されるとやはり胸が痛んだ。

「……そう、ですね」

「残念だなあ。わたしは君が、あの子を好きなんだと思っていたのだけど……」

「……ご期待に添《そ》えなくてすみませんね」

「どうしてあの子から離《はな》れるんだい？」

「……柊《ひいらぎ》から聞いてないんですか？」

てっきり、根掘《ほ》り葉掘《ほ》り聞いているのだとばかり思っていた。先日会ったときにも妹を溺愛《できあい》

していそぶりを見せていたし、様子がおかしければ容赦《ようしゃ》なく首を突《つ》っ込《こ》みそうだと。

そして案の定、

「聞いてるけども」

何でもない顔で柊《ひいらぎ》ところはそう言う。

「でも、君の口からも改めて聞きたいじゃないか」

……なんでそんな、わざわざ人の気持ちをえぐるようなことをしたがるんだ。相変わらずこの人の考えていることはよくわからない。

まあ、姉として納得《なっとく》がいかない部分もあるのだろう。だとしたら、俺《おれ》にも話す義務があるのかも知れない。おごられている以上、だんまりを決め込《こ》むわけにもいかないし。

「……どだい無理だったんですよ、俺《おれ》には」

口にしてみて、我ながら卑屈《ひくつ》な言葉だなと思う。けれどそれが本心だ。

「俺《おれ》は……『十四歳《さい》』のトキコが好きだっただけなんです。だから変わっていく柊《ひいらぎ》を見ていられなかったんです。……柊《ひいらぎ》には、本当に悪いことをしたと思ってます」

「ふうん」

気のない声でそう言って、柊《ひいらぎ》ところはオリーブの実を一粒《つぶ》つまんだ。

「まあ確かに、時子《ときこ》は変わっていくよね。言ってみれば『十四歳《さい》』の限界もそこだった。切り取れるのは、あの子が『十四歳《さい》』だったそのときだけ。しかも——」

手にしたオリーブを、柊《ひいらぎ》ところは口に投げ込《こ》む。

「――小説の中に書けたのは、あの子のほんの一部でしかない。書きたかったけど物語の都合上入れられなかった側面は、あの子にもたくさんある」

「……例えば？」

それは少しだけ、気になる話だった。

少なくとも出会ってすぐの頃《ころ》は、柊《ひいらぎ》はそのままトキコにしか見えていなかった。その裏に、見えない彼女《かのじょ》の一面が隠《かく》れていたのだとしたら、『十四歳《さい》』の読者としてそれがどんなものか興味がある。

「例えば、結構ずぼらなところとかね」

「ず、ずぼらですか……？」

「ああ。あの子、君の前ではそんなところ全く見せなかったんじゃないか？」

そのとおりだった。

柊《ひいらぎ》はあくまで繊細《せんさい》で丁寧《ていねい》でしっかりしていて……ずぼらな一面なんてちらりとのぞかせることもなかった。

「ちょっと前に、君たちが家に来た日があったろう？　あの前日なんて、大変だったんだぞ。普段《ふだん》はあの子の部屋、わたしと変わらないくらいちらかっているからね。打ち合わせの準備があるのに、わたしも片付けを手伝わされたよ」

「そ、そうだったんですか……」

「それにだね、君はあの子のこと、口数が少ないと思っているんじゃないか？」

「……ええ、そうですね」

「実際は、しゃべるときには結構しゃべるんだよ。だから高校に入ってからはずいぶんと君の話を聞かされたものだ。細野《ほその》くんがああ言っただの、細野《ほその》くんとどこに行っただの。聞いてるこちらはほほえましくてたまらなかったよ……」

「なる……ほど……」

俺《おれ》から見れば、あの子の基本姿勢は「椅子《いす》に腰《こし》掛《か》け黙々《もくもく》と文庫本を読む」だった。誰《だれ》にも干《かん》渉《しょう》せず、干渉《かんしょう》されてもリアクションは最小限。家族の前で結構しゃべる柊《ひいらぎ》なんて、想像することもできない。

「他にもある。例えば、食べ物の好みが幼い。安いアイスとかマヨネーズとか、バナナなんかも好きなんだ。それから、文学だけじゃなくてマンガもかなり読む。よくわたしの部屋に借りに来るよ。そうそう、ちょくちょくわがままなことを言ったりもするな。夜中に飲み物を買ってきて欲しいとせがんだりね。あとは……」

柊《ひいらぎ》ところはにんまりと笑うと、

「……エッチなことにも興味がある方だよ、あの子は」

リアクションに困った。

確かに驚《おどろ》きではあるし、気持ちがざわつきもしてしまうけれど、それを顔に出してしまうわけにはいかない。

「ふふふ……意外だろう。あの子はああ見えてむっつりなタイプだ。『その手の描写《びょうしゃ》』のあるマンガを借りに来るときは、ページが速かったりするしね。……余談はさておき、わたしはあの子のそういう部分を『十四歳《さい》』には書けなかった。そして時子《ときこ》も、そういう部分を一生懸《いっしょうけん》命隠《めいかく》したんだ。君に自分を『トキコ』だと思わせて、仲良くし続けるためにね。実際、それまでたまにしかつけてなかった翡翠《ひすい》の髪飾《かみかざ》りを毎日つけるようになったり、復習のつもりか何度も『十四歳《さい》』を読み返すようになったりもしてたんだよ、ふふふ……」

「……そんなこと、してたんですか……」

「ああそうさ。だからどうだろう、君の前であの子は、わざとらしいほどに『トキコ』だったんじゃないか？」

言われて、思い返す。

確かに柊《ひいらぎ》は、ことあるごとに俺《おれ》に「トキコ」的な側面をのぞかせ、彼女《かのじょ》が言いそうなセリフを口に出してきた。

――助けて欲しいと言われたその日の「わがまま言ってごめん」というセリフ。

――待ち合わせ場所に指定された、住宅街の中の公園。

――過去を打ち明けた日の「知ることで独り占《じ》めする」という宣言。

——デートで連れて行かれた、古民家の喫茶店《きっさてん》。

それだけじゃない。彼女《かのじょ》は何度も繰《く》り返《かえ》し、俺に「トキコ」としての姿を見せ、そして俺《おれ》もそんな彼女《かのじょ》に疑いを抱《だ》くこともなかった。

「だから、二人が『十四歳《さい》』のトキコを媒介《ばいかい》にして接していた以上、必然的にどこかでずれは生まれていたと思うよ」

きっと柊《ひいらぎ》も、不安だったのだろう。

俺《おれ》が求めているのは柊《ひいらぎ》ではなくトキコだった。だからこそ、彼女《かのじょ》も自分を出すことをせず、俺《おれ》の前でトキコを装《よそお》い続けた。

押《お》さえ込《こ》んでいた後悔《こうかい》がぶり返す。俺《おれ》は彼女《かのじょ》に、なんてひどいことを強《し》いていたのだろう。

須藤《すどう》が言っていた「関係の危《あや》うさ」が、今となってはよくわかる。

「……ああ。やっぱり」

唇《くちびる》を噛《か》んでいると、柊《ひいらぎ》ところが俺《おれ》の顔をのぞき込《こ》んだ。

「やっぱり君は、今の話にそういう顔をするんだな」

「……当たり前でしょう」

そんな事実をいまさら聞かされて、悔《く》やまないはずがない。

じゃあ柊《ひいらぎ》ところは、ここで俺《おれ》がどんな顔をするのが正解だと言うんだろう。

「想像とおり、大分こじれてしまっているようだね。まあ、それも無理はないか……。けど

ね」

柊《ひいらぎ》ところはグラスを置きにやりと笑って見せた。

「わたしは――君たちが抱《かか》える問題を軽くひとっ飛びする方法を、一つ知っている」

柊《ひいらぎ》ところの目が、じっと俺《おれ》を見つめていた。

妹によく似た切れ長の目には、妹にはない絶対的な自信が宿っている気がした。

――そんな方法があるなんて到底《とうてい》信じられなかった。

俺《おれ》と柊《ひいらぎ》の関係は根本から歪《ゆが》んでいたわけで、「トキコ」を介《かい》している時点で大きく食い違《ちが》っていたわけで、それを今から「ひとっ飛び」なんて、できるはずがない。

ただ――と思う。

ただ、この人は魔女《まじょ》だ。十四歳《さい》の柊《ひいらぎ》時子を小説に閉じ込《こ》めた、不思議な力を持った魔女《まじょ》だ。

だとしたら、本当に、何とかできる方法を知っているのかも……、

「……どういう方法ですか？」

思い切ってたずねると、

「口で説明するのは簡単だ。至極《しごく》単純な話だからね」

優位に立つ笑《え》みを隠《かく》そうともせず、柊《ひいらぎ》ところはもったいぶる。

「けれどね、そうしたって無駄《むだ》なんだよ。君が見つけて、体感しなければ意味がない。方法っていうのは、そういう種類のものだ」

「……教えてくれないんですか？」

「ああ、頑張《がんば》って探してみてくれ」

ひどい肩《かた》すかしに、もはやため息も出ない。

この人に期待をすること自体が、そもそもの間違《まちが》いなのかも知れない。もしかしてこうして俺《おれ》を食事に誘《さそ》ったのも、手の平の上で転がして楽しむためだったのかも。

「でも私は、それをいつか君が見つけてくれればいいなと本心から思っているよ。妹のためにも、君のためにもね。……というわけで、確認は以上だ、次に、一つ相談がある」

「……なんですか？」

早く帰りたくなりはじめていた俺《おれ》は、雑な口調でたずねた。

けれど――、

「次回作の原稿《げんこう》の、下書きが完成した」

次回作――。

思わず椅子《いす》に座《すわ》り直した。

実はずっと、頭の片隅《かたすみ》に引っかかっていたのだ。「十四歳《さい》」の続編、トキコが高校に入ってからの毎日を描《えが》く物語。その原稿《げんこう》が今、どうなっているのかが。

「……ああ、下書きと言われてもわからないか。実はね、『十四歳《さい》』シリーズに関しては、ちょっと特殊《とくしゅ》な執筆《しっぴつ》の手順を踏《ふ》んでいるんだ。通常の作品は、話の大枠《おおわく》であるプロットを組んで、担当編集のＯＫが出次第実際の原稿《げんこう》を書くという流れになる。けれど、このシリーズは時子《ときこ》の実生活がモデルだからね。まず、時子《ときこ》の話を聞いて起きたことを把握《はあく》して、その中から原稿《げんこう》に落とし込《こ》む出来事を選ぶ。そしてそれを時子《ときこ》の心境と合わせて一度簡単な物語の形式にするんだ。これを、私は下書きと呼んでいる。その状態で担当編集や時子《ときこ》にチェックしてもらって、ＯＫをもらえてようやく本番の執筆《しっぴつ》ができる」

「なる、ほど……」

つまり今現在、柊《ひいらぎ》ところの手元には「トキコの高校入学から最近までの出来事を物語形式にした文章」がある、ということになる。

それは一体、どんなものになっているんだろう。

先日会ったときには、次回作には俺《おれ》が登場することになると言っていた。じゃあ、こんなことになってしまった今、俺《おれ》はどんなひどいやつとして書かれているんだろう。

想像するだけで、陰鬱《いんうつ》な気分が胸にわき上がる。

「そんな顔をしなくてもいいじゃないか」

うつむく俺《おれ》をのぞき込《こ》むと、柊《ひいらぎ》ところはけらけらと笑った。

「大丈夫《だいじょうぶ》、そんな悪い風には書いていないつもりだよ。ただね、この間も話したとおり、その原稿《げんこう》は君の確認なしに出版するわけにはいかない。キーパーソンだからね。君が望まなければ、すべて破棄《はき》することも考えているよ。だから——一度この段階で、確認のために君にも読んでもらいたいんだ」

「なる、ほど……」

「どうだい？　お願いできないだろうか。最低限、読めるものにはなっていると思うから」

とても光栄な話なのだとは思う。

好きな作家の作品に出演できて、しかも下書きを読ませてもらえる。読書好きとしては、こんなにおいしい話なかなか経験できるものではない。

けれど――全然乗り気になれなかった。

それが柊《ひいらぎ》ところにとって、必要なことはよくわかる。実在の人物をモデルにしている以上当人の了承《りようしよう》は必要だろう。

ただ、それを読んだところで、俺《おれ》になんの得があるんだろう。

今俺《おれ》は柊《ひいらぎ》との関係を絶っているわけで。そのうえ、以前ほど「十四歳《さい》」を楽しむこともできなくなっているわけで。

それなのに、わざわざ苦しい思いをして「俺《おれ》の失敗」が描《えが》かれた物語を読まなきゃいけない理由が思い浮《う》かばなかった。

そして――、

「……もしかして」

――俺《おれ》は気付いてしまう。

「それを俺《おれ》に読ませて、柊《ひいらぎ》と復縁《ふくえん》させようとしてますか？」

「……ほう」

柊《ひいらぎ》ところは右眉《まゆ》を上げた。

「どういうことだい？」

「……俺《おれ》が柊《ひいらぎ》との関係を絶ったのは、彼女《かのじょ》が『トキコ』だった頃《ころ》からは変わってしまったからです。だから逆に、『トキコ』を今の彼女《かのじょ》に追いつかせれば…… 柊《ひいらぎ》の現在まで進めれば、もう一度関係を元に戻《もど》せると思ってませんか？」

確かに、そうすることはできるのかも知れなかった。

トキコが今の柊《ひいらぎ》に追いつけば。そしてそれを俺《おれ》が読み込《こ》めば、また関係は、出会った四月の頃《ころ》に戻《もど》せるのかも知れない。トキコを知って、その知識を元に柊《ひいらぎ》に接する。それはそれで、関係が成り立つのかも知れない。

けれど、

「それって、まともな関係じゃないですよ」

今だから、はっきりとそう言い切れる。

そんなのは、人と人の関係として健全だとは言えない。

「間に物語を挟《はさ》まなきゃいけないなんて、そうじゃなきゃ相手の気持ちがわからないなんて、絶対にどちらかが傷つくことになります。だから、復縁《ふくえん》目的だとしたら、俺《おれ》は次回作の原稿《げんこう》は読めません」

「……なるほどね、まあ、そういう狙《ねら》いがあるようにも見えるか」

それもしかたない、といった表情で、柊《ひいらぎ》ところはグラスのワインを一口飲む。

「でも安心してくれ、そんな期待はしていないから。時子《ときこ》自身だって、そうやって関係を元に戻《もど》そうとは思わないだろうよ」

「それは……そうでしょうね」

「けどね」

言うと、彼女《かのじょ》はにんまり笑い、

「それを読むことで、『時子《ときこ》本人と接していた』っていうのがどういうことなのかを、君が知ってくれることは期待している。それに、わたしとしても、なんとか読んでもらいたいんだ。今回の作品は、結構気に入ってるんだよ。少なくともこれまでの最高傑作《けっさく》だと思ってる」

「なるほど……」

少しずつ、外堀《そとぼり》を埋《う》められていく感覚。このままだと、結局読まされることになってしまいそうだ。

ただもう一つ、俺《おれ》は気になる点があるのに気付いた。

「……柊《ひいらぎ》は、どう言ってるんですか？」

緊張《きんちょう》気味に、俺《おれ》はたずねた。

「俺《おれ》はもう一度、小説を通じて柊《ひいらぎ》の気持ちを知ることになるわけですよね？　口に出さなかった気持ちも、本音も、小説を通じて俺《おれ》に伝わってしまう。そのことについて、柊《ひいらぎ》には確認を取ってるんですか？」

「ああ、聞いたよ」

存外あっさりと、柊《ひいらぎ》ところはうなずいた。

そして彼女《かのじょ》は、

「『物語で出会ったんだから』だとさ」

慈《いつく》しむような笑《え》みで、ぽろりとこぼすように言った。

「『物語で出会ったんだから、お別れも物語でするのがいいでしょう』って」

——その言葉に、俺《おれ》は心臓を打ち抜《ぬ》かれた。

間違《まちが》いなく柊《ひいらぎ》らしい、彼女《かのじょ》らしい言いぐさ。その中に含《ふく》まれた「お別れ」という単語——。

柊《ひいらぎ》本人がそのセリフを口にする姿が、容易に想像できた。

「かわいいことを言うよね、あの子は」

それまでの妖艶《ようえん》さはどこへやら。優《やさ》しい表情で、子を思う母親のような声で柊《ひいらぎ》ところは続ける。

「わたしはもう、あの子がいとおしくてたまらないよ。だから、姉としてもお願いだ。今度の原稿《げんこう》も、あの子と入念に話をしながら下書きを作った。何度も推敲《すいこう》したし最終的には本人も

『わたしの気持ち、そのままだね』と言ってくれた。もちろん、あの子のすべてを書き切れたとは思わない。そこまでは思い上がらない。けれどきっと、別れの手紙くらいの役割は果たしてくれると思う。その物語を──」

目を上げ、俺《おれ》を見る柊《ひいらぎ》ところ。

初めて見る、真剣《しんけん》な目つきだった、

「──最後に君も読んでくれないか」

＊

柊《ひいらぎ》ところと別れて家に着き、着替《きが》えて風呂《ふろ》に入って部屋に戻《もど》った頃《ころ》には──時刻は午後八時を回っていた。

ため息をつきながら、勉強用の椅子《いす》に腰掛《こしか》ける。いつものように目に入る、蓄光塗料《ちっこうとりょう》付きの壁掛《かべか》け時計、ナチュラル色の本棚《ほんだな》、日に焼けたシールの貼《は》られたチェストに、パイプにガタがきはじめているベッド──。

手慰《てなぐさ》みに、床《ゆか》に転がっていたししゃもを拾い上げ膝《ひざ》の上で撫《な》でた。けれど、そういう気分ではなかったらしい、ししゃもは「うゃー！」と俺《おれ》を一喝《いっかつ》し、ベッドの下に逃《に》げ込《こ》んでしまった。

今日は課題も出されていないし、明日は土曜日で鞄《かばん》の荷物の入《い》れ替《か》えもない。

本棚《ほんだな》の本はすべて読み終えていたし、見たいテレビ番組もやっていない。巡回《じゅんかい》したいネットのサイトも思い付かないし、そしてもちろん、ラインにもメッセージは届いていなかった、

となると——もう、他にやるべきことは見当たらなかった。

観念して小さく深呼吸すると、俺《おれ》は勉強机の上のノートパソコンを立ち上げ、メールをチェックした。何通か届いているDMたちの羅列《られつ》の一番上に、見覚えのないアドレスから添付《てんぷ》ファイル付きメールが届いているのを見つける。クリックして詳細《しょうさい》を表示する。

やあ、こんばんは。柊《ひいらぎ》ところだ。さっそくファイルを送らせてもらうよ。どうぞよろしく。

添付《てんぷ》されている文書ファイルを展開した。見開き40ページほどの、小説形式のデータだった。プリンタにコピー用紙を補給し、インクの残量を確認してから、俺《おれ》はそのファイルのプリントアウトをした。

五分ほどかけすべてのページを印刷し、完成した分厚い紙の束を手に、俺《おれ》はもう一度深く深呼吸をする。

『十五歳《さい》——下書き ver. 1』

それが、表紙に書かれたファイルのタイトルだった。

十五歳《さい》になったトキコの毎日を描《えが》いた物語。

基本的に、柊《ひいらぎ》から聞いた話を忠実に物語に起こしているそうだけれど、事実と違《ちが》う部分が一点だけあるそうだ。作中でトキコは小説のヒロインにはなっておらず、自分の毎日を丁寧《ていねい》につづった日記を落としてしまい、それをある男子に読まれた、という設定になっているらしい。

――これを読んだら、どうなるんだろう。

ずしりと重たい紙束に、得体の知れない胸騒《むなさわ》ぎを覚える。

きっと、これを読めば自分の中で大きな変化が起こる。それが、自分にとってプラスなのかマイナスなのかはわからない。それでも、読んでしまえばもう元に戻《もど》れない――そんな確かな予感がしていた。

けれど――逃《に》げるわけにはいかない。

読もうと思った。

柊《ひいらぎ》が、これを俺《おれ》への「別れの手紙」になると考えているのなら、俺《おれ》は『十五歳《さい》』を読みたいと思う。

もう一度大きく深呼吸をすると、俺《おれ》はタイトルの書かれた一ページ目をめくった。

『──これは、相変わらず大したことなんて何一つ起きない、わたしの毎日の物語』

＊

『高校に入れば変われるというありがちな幻想《げんそう》を、月並みながらわたしも信奉《しんぽう》していた。

少しだけ大人になれるのかもしれない。もっと賢《かしこ》く要領よくなれるのかも知れない。

けれど、そんな期待もむなしく、わたしは初日から日記を落としてしまった。

毎日起きたこと、思ったことを記録してきた日記帳。名前や固有名詞は書いていなかったから、自分のものだと特定されることはない。

けれど、帰ってくる可能性も0だろう。わたしは、自分のまぬけさを呪《のろ》った。』


『日常生活も、中学時代の延長でしかなかった。

クラスメイトとはうまく話せないし、休み時間も本を読んでばかり。

それでいい、とも思っていた。すべての人が明るくある必要はないし、そうなりたいとも思わない。ただ、一生懸命《いっしょうけんめい》話しかけてくれるクラスメイトたちが、自分の一言で冷めた様子になるのは申し訳ない』

『その男子の印象はあまり強くなかった。

他の誰《だれ》よりも淡白《たんぱく》な自己紹介《しょうかい》をした男子。身長は平均程度。髪《かみ》が少しぼさっとしていて、顔立ちも特に目立つところはない。本当に、ただそれだけ。』


『「君が一番好きな小説って、尾崎翠《おざきみどり》の『第七官界彷徨《ほうこう》』?」

そうたずねられてうろたえた。

そしてさらに、

「部屋に、おばあちゃんからもらった油絵がかけてある?」

「毎週、大学生がやってるミニFMの放送を聴《き》いてる?」

「君は『美しく生きたい』と思ってる?」

そこまで質問を重ねられて、ようやく気が付いた。彼《かれ》はわたしの日記を拾ったのだ。』

『家に着いてからも、彼《かれ》のことばかりを考えていた。

あんなに共感してもらえるのは、熱心に好意を伝えられるのは初めてだった。

ただ、もう今後接することはないだろう。彼《かれ》もわたしも、あまり人付き合いをする方ではない。そう考えて、自分でも驚《おどろ》くくらいにはっきり思った。

嫌《いや》だ。

彼《かれ》ともう少し話してみたい、と。』


『期待していたとおり、彼《かれ》は会話に困るわたしを何度も繰《く》り返し助けてくれた。

家族以外の人間とこんな風に頻繁《ひんぱん》に接するのは初めてだった。

ただ、罪悪感も覚えていた。

ほんとうは自分は、クラスメイトと話なんてできなくてもかまわない。

なのに、彼《かれ》と話したい一心で、彼《かれ》の善意を利用してしまっている。』


『ここからは、自然に近づいていければいいと思っていた。

すでに一つ嘘《うそ》をついてしまったのだから、これ以上強引《ごういん》に距離《きょり》を縮めたり自分を偽《いつわ》るのは気が進まない。

けれど、ある朝彼《かれ》のところに二人の男女がやってきて、そんな余裕《よゆう》もなくなった。』

『衝撃《しょうげき》だった。二人は気乗りしない様子の彼《かれ》に積極的に話しかけ、無視されれば怒《おこ》り、冷たくあしらわれても声をかけ続ける。話を聞くと、どうやら二人は彼《かれ》の幼なじみらしい。

こうならなければいけないのだと思った。

自然に近づくのを待っていてもどうにもならない。なら自分も、積極的に彼《かれ》に近づかなければいけない。』

『カラオケの帰り道。信じられないほど自分が消耗《しょうもう》しているのに気付いた。やはり、本来の自分と違《ちが》うことをすると精神が削《けず》られる。

一人とぼとぼ歩いていると、ポケットのスマートフォンが気になった。

さっきラインをインストールしてもらったことで、新刊のチェックくらいにしか使っていなかったそれが、今は彼《かれ》との一つのつながりになっている。

そして思った。彼《かれ》とメッセージでやりとりすれば、少しだけ、いつもの自分を取り戻《もど》せるかも知れない。』


『彼《かれ》らを家に招いたのは、一言で言えばうらやましかったからだ。

彼《かれ》らは、小さい頃《ころ》からそばにいて、お互《たが》いのプライベートをよく知っている。

けれど自分は、彼《かれ》のことをほとんど何も知らない。わかっているのは、自分の日記を気に入ってくれているという、それだけ。その関係の非対称《ひたいしょう》がどうしても苦しかった。』


『二人と話せて、本当によかった。

いい人たちなのはわかっていたけれど、どうしても気持ちの距離《きょり》を埋《う》められずにいた。

結局のところ、自分は二人が「彼《かれ》の幼なじみ」であることに嫉妬《しっと》していたのだ。

わたしにないものをすべて持ち合わせ、簡単に彼《かれ》に近づけることをうらやんでいたのだ。

でも本当は、二人は自分と同じだ。生まれつき悩《なや》みのない人気者じゃなく、自分と同じ、家族関係に悩《なや》むごく当たり前の高校生だった。』

『自分の過去を話している彼《かれ》の姿に――胸が弾《はじ》けてしまいそうに高鳴った。
小さい頃《ころ》の失敗。そこから彼《かれ》に起きた変化。
わたしにだけ教えてくれる、彼《かれ》のこれまでのこと。
周りの景色が、これまでになく色づいて見えた。
彼《かれ》は今、自分のために苦しい思いをしてくれているというのに。』

『話を終え、笑う彼《かれ》の顔を見ていて、気が付いてしまった。』

『彼《かれ》と手を繋《つな》ぎたかった。
その肌《はだ》に触《ふ》れたいと思った。
抱《だ》きしめて欲しいと思ったし、キスして欲しいと思った。
わたしが彼《かれ》を大切に思うように、彼《かれ》にもわたしを大切だと思ってもらいたかった。』

『——彼《かれ》に恋《こい》している。』


『デートの行き先に選んだのは、家の近くの雰囲気《ふんいき》のいいカフェだった。

何度か下見に行き、メニューもチェックした。彼《かれ》の好きそうな本が置いてあるから、きっと楽しんでもらえると思う。

下見をしたことは彼《かれ》には内緒《ないしょ》だ。初めて来た風を装《よそお》おうと思っている。

あとは、姉のアドバイスのとおり、恋愛《れんあい》の話を自然に切り出せればいいのだけど。』


『カウンター席、彼《かれ》の隣《となり》で本を読みながら。この人はわたしのことをどう思っているんだろうと考えた。

多分、嫌《きら》われてはいない。日記をあれだけ褒《ほ》めてくれて、今もこうして二人で出かけることを許してくれているのだから、ほんの少しでも好意は抱《いだ》いてくれているのだと思う。

けれどそれが、自分と同じ好意なのかはわからない。

なら、確認したいと思った。多少、無茶な手を使ってでも。』

『恋《こい》をして、わたしはダメになってしまったのかもしれない。

わがままになって、きたないずるいことばかり考えている。

美しく生きることが、できなくなってしまった。

彼《かれ》のせいだ。

彼《かれ》に会わなければ、こんな気持ちを知ることもなかった。』


『「わたしが彼女《かのじょ》になってもいいけど」

思い切ってそう言った途端《とたん》、心臓が張《は》り裂《さ》けそうに高鳴った。

受け取り方によっては、告白にしか聞こえないと思う。例えばあの二人にだったら、セリフの裏の気持ちもすべて見抜《みぬ》かれてしまうだろう。

けれど、鈍《にぶ》い彼《かれ》は気付かないかも知れない。

ここまで頑張《がんば》ってきたけれど、彼《かれ》はわたしの気持ちにこれっぽっちも気付いていないようだった。きっとあまり、察しがいい方ではない。

どちらにしても、このあとの反応で、彼《かれ》のわたしに対する気持ちは推し量れるはずだ。

彼《かれ》が私を、ただ友達として好いているのか。それとも異性として意識しているのか。

そう思っていたのに。』

『「もう、一緒《いっしょ》にいることはできない」』


『――すべての時間が止まった気がした。

息ができなかった。心臓が嘘《うそ》のように高鳴り続けていた。

夢じゃないか。これは幻《まぼろし》なんじゃないか。

そう思おうとするけれど、ぎゅっと握《にぎ》った手、爪《つめ》が刺《さ》さる手の平にはするどい痛みを感じていた。』


『「――日記の中の君と変わってしまった」

「だからもう、一緒《いっしょ》にいることはできない」』

『これは罰《ばつ》なのだと思った。

日記を利用して、彼《かれ》の善意を利用して、ずるい恋《こい》をしてしまったわたしへの。

わたしは彼《かれ》をだましていた。

好かれたくて、いい顔をしていた。

「日記の中のトキコ」として接してもらえることに、甘《あま》えすぎてしまっていた。

これは、そんなわたしへの、当然の報いだ。』


『ベンチを立ち、さよならと彼《かれ》に告げた。

歩き出した途端《とたん》に涙《なみだ》があふれ出した。

すべてが終わってしまった。

初めての恋《こい》も、大切な関係も、初めて楽しみに思えた高校生活のこれからも。』


『——なんとなく。

その晩ふいに、いつもの公園で彼《かれ》が待っているような気がした。

部屋着からかろうじて外に行ける程度の服に着替《きか》え、サンダルをつっかけ小さなバッグをもち家を出る。夜道を歩いて、公園へ向かう。』


『当たり前なのだけど、たどり着いた夜の公園には、彼《かれ》の姿はなかった。

街灯と心許《こころもと》ない月明かりが照らす空っぽの空間。まるで今の自分の胸の中のようだと思う。

彼《かれ》に出会って、わたしはたくさんの気持ちを手に入れた。

うれしいこと、たのしいこと、くるしいこと、かなしいこと。

そういうものが、彼《かれ》を失って、すべてどこかへ消えてしまったように思う。

初めてデートした日、彼《かれ》がわたしを待っていたベンチに腰掛《こしか》けた。

そしてわたしは、鞄《かばん》から日記帳を取り出すと、となりに静かに置いた。

思いを綴《つづ》った手紙を、瓶《びん》に入れて海に流すように。』


『見上げると、真っ暗な空に薄《うす》い月がしんしんと輝《かがや》いていた。』

＊

読み終えた手が震《ふる》えていた。

――どういうことだ。

――なんなんだこれは。

予想もしていなかった話の展開に、俺《おれ》は理解が追いつかない。

トキコが高校でとある男子に出会い、恋《こい》をし、そして別離《べつり》するまでの物語。

柊《ひいらぎ》ところの新作は――トキコのその先を描《えが》く物語は。

「十五歳《さい》」は――恋《こい》物語だった。

その事実だけでも、十分に混乱させられてしまうのに、

「……俺《おれ》……だよな……？」

物語に出てくる「彼《かれ》」は、トキコが恋《こい》をした相手は、どう考えても、俺《おれ》であるとしか思えなかった。

頭の回路がヒートして、それでもなお回転を止めてくれない。認めたい、認めたくない、信

じたい、信じたくない、一つの現実。「十五歳《さい》」が俺《おれ》に教える、気付きもしなかった事実。
――柊《ひいらぎ》は、俺《おれ》が好きだったのか？

考えた途端《とたん》、心臓が止まりそうに締《し》め付けられる。
酸欠になりそうで、あえぐように息を吸い込《こ》んだ。
彼女《かのじょ》は、変わろうとしていた。それはすべて、俺《おれ》に近づくためだったのか？
俺《おれ》がいることで、彼女《かのじょ》が変わったのか？
……本当に？
疑いかけるけれど――間違《まちが》いない。
これを書いたのは、柊《ひいらぎ》ところだ。「十四歳《さい》」に柊《ひいらぎ》の一部を写し取った、魔女《まじょ》なのだ。
だとしたら、この「十五歳《さい》」にも、間違《まちが》いなく柊《ひいらぎ》の一部が写し取られているんだろう。
一拍《いっぱく》の間をおいて――胸に、途方《とほう》もない感情がわき出した。
――混乱。困惑《こんわく》。うれしさ。苦しさ。後悔《こうかい》。自己嫌悪《けんお》。
なんなんだ。俺《おれ》は一体、なにをしていたんだ？

彼女《かのじょ》に恋《こい》をしていた。彼女《かのじょ》も俺《おれ》を好きだった。

なのに、そばにいられなくて離《はな》れてしまった。

そういうことなのか？

なら……どうする？　どうすればいい？

この事実を知った今、俺《おれ》はどうすればいいんだ？

わからなかった。俺《おれ》と柊《ひいらぎ》の間にある問題は、決して解決していない。

トキコは柊《ひいらぎ》じゃない。そこを忘れてしまえば、また同じことが繰《く》り返されるだけだ。

柊《ひいらぎ》ところは、これを俺《おれ》に読ませてどうしたかったんだ？　後悔《こうかい》させたかったのか？　自分がしていることの間抜《まぬ》けさを教えようとした？　あるいは、もっと別の理由があるのか？

疑問はねずみ算式に増えてゆき、収拾《しゅうしゅう》が付かなくなる。

もう、自分が何を考えているのかも、何を感じているのかも、俺《おれ》には把握《はあく》できなくなっていた。

けれど——。

複雑なマーブル模様を描《えが》く感情の中から、徐々《じょじょ》にある思いが浮《う》かび上がってきた。

しがらみも、理屈《りくつ》も、道理もすべて飛び越《こ》えた——シンプルな気持ち。

——柊《ひいらぎ》に会いたい。

俺《おれ》は、彼女《かのじょ》に会って話をしたいと思った。

声を聞きたいと思った、話をして欲しいと思った。

その手に触《ふ》れたいと思ったし、できることなら強く抱《だ》きしめたいと思った。

ページの向こうのトキコじゃなくて、変わらないヒロインじゃなくて、今俺《おれ》は、変わり続けていく、これまで見たことのない表情を、行動を見せてくれる柊時子《ひいらぎときこ》を求めていた。

——いてもたってもいられず、反射的に椅子《いす》を立った。

時刻は午後十時前。まだ、柊《ひいらぎ》は寝《ね》ていないだろう。

今から走れば、きっと今夜、俺《おれ》は彼女《かのじょ》に会える——。

けれど——走りだそうとして、ふと思う。

まだダメだ。

俺《おれ》はまだ、柊《ひいらぎ》に会うことができない。

その前に……どうしてもひとつ、確認しておかなきゃいけないことがある。

少し考えてからスマホを取り出すと、俺《おれ》はラインを起動し連絡先《れんらく》から相手を選ぶと、通話ボタンを押《お》した。

「——ごめん、こんな遅《おそ》くに！　今、どこにいる⁉」

*

「──ど、どうしたの？　急に……」

「めずらしいよね……細野《ほその》が俺《おれ》たちを集めるなんて……」

一〇分後。

俺《おれ》は、自宅からダッシュで数分。善福寺《ぜんぷくじ》川沿いのマンション四階にある、須藤《すどう》の家をたずねていた。

同じ女子高生とは思えないほど、須藤《すどう》の部屋は柊《ひいらぎ》の部屋と趣《おもむき》が異なっている。

毛足の長い絨毯《じゆうたん》は芝生《しばふ》のようなライトグリーンで、壁《かべ》にわたされた紐《ひも》には須藤《すどう》と友人たちが映った写真がクリップでいくつもつるされていた。机の上に雑然と載《の》せられた、化粧《けしよう》品、筆記用具、お菓子《かし》や頭痛薬。天井《てんじよう》にはシャンデリアみたいな照明がぶら下がっていて、そう言えばちょっと前にラインで「思い切って買っちゃった！」と自慢《じまん》されたことを思い出した。

そこで今、俺《おれ》は汗《あせ》だくのまま須藤《すどう》と修司《しゆうじ》と向かい合っている。

どうしても、二人に聞いておきたいことがあった。

「すまん……夜中に。でも、ちょっと話があって……」

息を切らしながらそう言うと、須藤《すどう》は気まずげに身じろぎした。

「うん……いいけど、どうしたの？」

彼女《かのじょ》の顔には、これまで見たことのない緊張《きんちょう》の色が浮《う》かんでいた。この間のことを引きずっているらしい。隣《となり》の修司《しゅうじ》も、怪訝《けげん》を通り越《こ》して不安げな表情で成り行きを見守っている。

そんな二人に、俺《おれ》は「もしもだけどさ」と前置きしてこうたずねた。

「もしも俺《おれ》が、空気の読めないことだとか、人の気持ちを考えない発言をして、誰《だれ》かに嫌《いや》な思いをさせたら……二人はどうする？」

「……え？」

意図がわからないのだろう、彼《かれ》らは冷水でも浴びせられたような顔になった。

「い、嫌《いや》な思い……？　え、えっと、普通《ふつう》に怒《おこ》る……かな……」

「……だな、まあ程度によるけど……」

「じゃあ、本当にひどい発言だったら？　相手の気持ちを踏《ふ》みにじるような、普通《ふつう》に考えればそんなこと言わないような」

「えー、そうだな……私自身に言われたんだったら本気でキレるし、誰《だれ》か相手に言ったならマジで説教する……気がする」

「うん、俺《おれ》も同じだ……」

探《さぐ》り探《さぐ》りで言う須藤《すどう》に、修司《しゅうじ》もうなずいた。

けれど、俺《おれ》はまだ納得《なっとく》がいかない。

「それだけ？　もっとこう……いろいろしないのか？」

「いろいろ？」

「そう、いろいろ。そうだな、例えば……」

短く考えてから、俺《おれ》は自分が「妥当《だとう》だ」と思う答えを、口に出してみた。

「……縁《えん》を切ったりだとか、距離《きょり》を置いたりだとか」

けれど、

「えー、さすがにそこまではいかないよ……」

「俺《おれ》もしないと思う……」

ごく当たり前のように、須藤《すどう》と修司《しゅうじ》はそれを否定した。

……そうか。やっぱり、この二人はそう言うのか。

この二人は、俺《おれ》が相当やらかしたとしても、関係を切ろうとしない。

俺《おれ》が今回掘《ほ》り下げたいのは、「ここ」だった。

「……なんでだ？」

二人に質問を重ねる。

「なんで嫌《いや》な思いしてまで、須藤《すどう》と修司《しゅうじ》は俺《おれ》と友達でいようとするんだ？　実際に今まで、嫌《いや》な思いも迷惑《めいわく》な思いもしてきたよな？　あんなに邪険《じゃけん》に扱《あつか》ってきたわけだし」

「……まあ、否定はできないな」

そう言って、修司《しゅうじ》は苦笑《う》いを浮かべた。

「じゃあ、なんでそれでも俺《おれ》と距離《きょり》を取ろうと思わないんだよ」

――柊《ひいらぎ》に会いに行く。

それはつまり、彼女《かのじょ》を傷つけるかもしれない、ということを意味している。

俺《おれ》は今も、人の気持ちのわからないやつのままだ。どれだけ注意をしていても、いつか柊《ひいらぎ》を傷つけてしまうことはありえるだろう。

柊《ひいらぎ》がトキコじゃなくて、気持ちのわからない他人である以上、その不安は常につきまとう。

それでも――俺《おれ》は彼女《かのじょ》と接していいのか。そばにいたいと思っていいのか。

こんな俺《おれ》が、もう一度彼女《かのじょ》の隣《となり》に立ちたいと願っていいのか。

それを「これだけ邪険《じゃけん》に扱《あつか》っても、俺《おれ》を諦《あきら》めないでいてくれた二人」に聞いてみたかった。

「んー……」

須藤《すどう》は難しい顔で腕《うで》を組んだ。

「そんなこと、考えたこともなかったな……」

「俺《おれ》もだなあ。というかさ」

修司《しゅうじ》はこちらを向くと、当たり前みたいにこんなことを言った。

「そもそも……根本的に『人と付き合う』ってそういうことだろ」

「……どういうことだ？」

「細野《ほその》だけじゃなくて、俺《おれ》も須藤《すどう》も、誰《だれ》もが相手の気持ちなんてわかんないんだよ。ある程度技術を磨《みが》けば、傷つかない言葉の選び方や嫌《いや》な思いをさせない接し方を身につけることもできるけど、常にそれが成功するわけじゃない。だから、人と付き合うって、そもそもそうやって、傷つけ合っちゃうことを前提としてるというか……」

「……修司《しゅうじ》たちでも、人を傷つけることがあるのか？」

それが意外で思わずたずねると、

「まあ、そりゃあ俺《おれ》らだって──」

「──あるよ……」

カットインした須藤《すどう》の声色《こわいろ》の重さに、ドキリとした。

見れば──須藤《すどう》はその目に涙《なみだ》を溜《た》め、唇《くちびる》をきゅっと噛《か》みしめうつむいている。

「私だって……人の気持ちを読めなくて、悲しませたり苦しませることがあるよ……」

須藤《すどう》はその目から、ぽろぽろと涙《なみだ》をこぼしはじめる。

「だって……私が……余計なこと言ったせいで……細野《ほその》とトッキーが……。トッキー、あれ以来ずっと落ち込《こ》んでるし、細野《ほその》は戻《もど》ってきてくれないし……私が、首を突《つ》っ込《こ》んだせいで……」

ぽかんとしてしまった。

須藤《すどう》が俺《おれ》に見せる、初めての涙《なみだ》。こぼすように語る後悔《こうかい》。

けれど、俺《おれ》はすぐに我に返り――、

「――い、いやちょっと待てよ！」

嗚咽《おえつ》を漏《も》らしはじめた須藤《すどう》の方に身を乗り出した。

「あれは、須藤《すどう》が責任感じることないだろ……だって、お前の言ってたこと、正しいし……何も間違《まちが》ったことは言ってなかったし……」

「でも、そのせいで二人は……」

「それは自業自得《じごうじとく》なんだよ、須藤《すどう》が責任感じることじゃないって……」

「……ほら、細野《ほその》」

修司《しゅうじ》の声に振《ふ》り返ると――彼《かれ》は困ったような笑《え》みを俺《おれ》に向けていた。

「そういうことなんだよ。須藤《すどう》は今、自分のせいだって落ち込《こ》んでる。実際細野《ほその》は、須藤《すどう》の発言をきっかけに柊《ひいらぎ》さんと距離《きょり》を取ったんだろ？」

「まあ、そうだな……」

「人と付き合うと、そういうことが起きるんだよ。他人を傷つけたり、自分も傷ついたり。自《じ》業自得《ごうじとく》であっても、そうじゃなくても、相手に影響《えいきょう》を与《あた》えることは避《さ》けられないんだよ」

「……じゃあ、どうして」

俺《おれ》は――ずっとわからなかった問いを、二人にぶつけた。

「どうして二人は……それでも一人になろうと思わないんだ。傷つく前提で、人のそばにいようとするんだ……？」

「……好きだからだよ」

涙《なみだ》を拭《ぬぐ》いすぎて、目の周りを真っ黒にした須藤《すどう》がしゃくりあげる。

「それでも、私は……修司《しゅうじ》が、トッキーが、細野《ほその》が好きだからそばにいたいんだよ……」

「……俺《おれ》のどこに好きになる要素があるんだよ」

「……あのさ」

もう一度目元を拭《ぬぐ》うと、須藤《すどう》はこちらを向き、

「……芦屋《あしや》さん事件、あったじゃない？」

その言葉に——胸にぎしりと痛みが走った。

芦屋《あしや》。俺《おれ》が傷つけてしまった女の子。

俺《おれ》が人と接するのを諦《あきら》めるきっかけとなった、元クラスメイト。

「細野《ほその》が、アッシーに……芦屋《あしや》さんに『ほんと男だなー』って言った事件。あれがきっかけだよね？　細野《ほその》があまり、人と話さなくなったの……」

……気付いていたのか。

話題にも出してこないから、てっきり二人はそのことに気付いていないのだとばかり思っていた。

「確かに、あのときは『やらかしたなー』と思ったよ。『もっとうまくやってくれ』って思っ

たよ。『ばかだなー』って。実際、クラスのみんなも怒《おこ》ってた。でも……あのときの細野《ほその》の落ち込《こ》み方、すごかったじゃない。それこそ、芦屋《あしや》さん本人より落ち込《こ》んでたくらいで……」

「……そ、そうなのか？」

あの事件の直後、俺《おれ》はすぐに周囲との交流を絶ってしまっていた。

だから、その後の芦屋《あしや》がどうなったのかは知らなかった。

「うん……。もちろん、あの子もしばらくは落ち込《こ》んでたけど、一ヶ月位したらまた『男かよ！』って言われて笑うようになってたし、クラスのみんなも、普通《ふつう》にそのこと忘れていったし。それでも、細野《ほその》だけがジワジワ周りとの間に壁《かべ》を作って、その中に閉じこもりはじめて……」

「……マジかよ」

「本当だよ。だからあの件は、周りとすべての関わりを絶たなきゃいけないような、そんなひどいものじゃなかったんだよ……。実際、アッシーと私最近もラインするんだけど、普通《ふつう》に『細野《ほその》とか元気ー？』って聞いてくるし」

信じられなかった。

もうてっきり、俺《おれ》は芦屋《あしや》に一生恨《うら》まれ続けたままなのだと思っていた。

そして俺《おれ》は、その事実をずっと背負って生きていくべきなんじゃないかと。

「でね」

須藤《すどう》が真《ま》っ直《す》ぐ俺《おれ》を見る。

「そんな細野《ほその》を、私は、優《やさ》しいなって思ったんだ」

——優《やさ》しい。

あまりに俺《おれ》に似つかわしくない、その形容。

けれど、須藤《すどう》は本気でその言葉を、俺《おれ》に向けている。

「確かに、細野《ほその》は空気が読めないよ。余計なこと言って人を傷つけたり、困らせたり……。でも、その根っこには、優《やさ》しさがあると思うの。だから私は細野《ほその》が好きだし、これからも友達でいたいと思ってる」

「俺《おれ》も、全く同感だ」

修司《しゅうじ》が深くうなずいた。

「あのさ、これくらいの年になるとみんな技術を身につけはじめるんだよ。空気を読んで、相手の気持ちを推し量って、適切な言葉を探して。でも、それは常に相手のためとは限らない。自分の地位を上げるためだったり、株を上げるためだったり、そういう目的だったりする。実際、それは俺《おれ》たちだってそうだよ」

「そう……だったんだ」

「ああ。でも、そういう技術としての優《やさ》しさとは別の、人としての優《やさ》しさが細野《ほその》にはあると思ってる。細野《ほその》がそれを失わない限りは、俺《おれ》は細野《ほその》に傷つけられてもかまわないよ」

「……そうか」

ようやく、須藤《すどう》と修司《しゅうじ》の気持ちが理解できた気がした。

人と人は、どうしても傷つけ合ってしまう。痛みのない関係なんて、あり得ない。

それでも――そばにいたいと。相手のことを好きだと思う気持ちがあれば、きっと俺《おれ》たちは、
誰《だれ》かのそばにいることができる。

なら、俺《おれ》は――。

俺《おれ》は、柊《ひいらぎ》に――。


「……ふふ」

須藤《すどう》が俺《おれ》の顔をのぞき込《こ》み、ほほえんだ。

そして、

「――傷ついたり、傷つけたりする覚悟《かくご》はできた？」

「……ああ」

うなずいて、俺《おれ》はその場に立ち上がった。

「ありがとう、二人のおかげだよ」

「そんな、お礼を言うようなことじゃないよ」

「そうだよ、だって俺《おれ》たち」

言うと、修司《しゅうじ》はその顔に穏《おだ》やかな笑《え》みを浮《う》かべて見せた。

「友達じゃないか」

そして俺《おれ》も、初めて二人に心からの共感を持ってうなずいた。

「ああ、そうだな」

＊

──ポールの先に付いた時計は「午後一〇時三二分」を差していた。

息を切らしながら、ベンチに腰掛《こしか》ける。

街灯に心許《こころもと》なく照らされている夜の児童公園。暗がりに沈《しず》む遊具や木々、砂場の山は昼間と全く違《ちが》う表情で、まるで深夜の水族館みたいだと思った。

最後に一度大きく息をして、俺《おれ》はスマホをポケットから取り出した。

ラインを起動、しばらく更新《こうしん》されていない柊《ひいらぎ》とのトークを呼び出し、少し迷ってから「待ってる」とだけ彼女《かのじょ》に送った。既読《きどく》表示がされる間も与《あた》えず、スマホをポケットに戻《もど》す。

──伝えたい言葉は、無限にあった。

謝《あやま》りたかった。礼を言いたかった。『十五歳《さい》』の感想を言いたかったし、文句を言いたかった。説明をしたかったし気持ちを伝えたかった。

そのすべての欲求がそれぞれ自分の重要性を主張して、一つのまとまった話になってくれそうにない。

けれど、それでいいと思った。

いまさら、俺《おれ》は話し上手なんかになれはしない。

だからそのままを、抑《おさ》えようのない気持ちをいつわることなく柊《ひいらぎ》に伝えるしかない。

俺《おれ》は、そうしたいと思った。


数分ほどで、小走りの足音が通りの向こうから聞こえてきた。

そして、

「――っ！」

公園の入り口に現れた柊《ひいらぎ》は――慌《あわ》てて家を飛び出してきたのがまるわかりの、酷《ひど》くラフな格好だった。

ボブヘアーは乱れ、息は上がり、部屋着のロングTシャツはよれよれだ。肩《かた》に引っかけたカーディガンにも毛玉ができている。足下《あしもと》のビーチサンダルは底がすり減っていて、今にも鼻緒《はなお》が切れてしまいそうだった。

これまで一度も見たことのない、無防備な柊《ひいらぎ》。生身の女の子がそこにいる。

彼女《かのじょ》はベンチに座《すわ》る俺《おれ》を見つけると――どうしようもなく複雑な表情を見せた。

上気した顔に滲《にじ》む、困惑《こんわく》、緊張《きんちょう》、恐怖《きょうふ》と戸惑《とまど》い。

彼女《かのじょ》にそんな顔をさせているのは、他ならぬ俺《おれ》自身だ。罪悪感のボディーブローが胃の辺りに撃《う》ち込《こ》まれる。

「……ごめん、こんな遅《おそ》くに」

ベンチを立ち、まず俺《おれ》はそう言った。

「でも、どうしても、柊《ひいらぎ》と話したいことがあって……」

「……う、うん」

うなずくと、柊《ひいらぎ》は恐《おそ》る恐《おそ》る公園に足を踏《ふ》み入《い》れた。

時折視線を泳がせながら、彼女《かのじょ》は俺《おれ》の向かい、数歩分の距離《きょり》を開けて立ち止まる。

久しぶりに向かい合う、柊時子《ひいらぎときこ》。

黒髪《くろかみ》のボブヘアーに、何かの見間違《みまちが》いかと思うほどに整った顔つき。

真っ黒な瞳《ひとみ》には無数の星がきらめき、そのすべてがいま俺《おれ》の方を向いている。

薄《うす》い唇《くちびる》は緊張《きんちょう》に固く結ばれ、白い頬《ほお》はこわばり、形のいい眉《まゆ》は不安げに寄せられていた。

――押《お》さえ込《こ》んでいた感情がこみ上げる。

理性を揺《ゆ》さぶる、すぐにでも彼女《かのじょ》に触《ふ》れたいという衝動《しょうどう》。

けれど、俺《おれ》はなんとか踏《ふ》みとどまり、

「……読んだよ、『十五歳《さい》』」

まずはそう語りかけた。柊《ひいらぎ》の細い肩《かた》がビクリと震《ふる》える。

「……そう」

「相変わらず……最高だった。やっぱり柊《ひいらぎ》ところはすごいよ。事実の再構成のしかたも、感情の流れの表現も完璧《かんぺき》だった……。あれなら、『十四歳《さい》』のファンも満足だ。明白な話の軸《じく》ができた分、もっと売れそうだなとも思うし」

「……そっか」

「今度はどんな表紙になるのかも気になるよ。早く本の形で読んでみたい。きっとまた、俺《おれ》は何回も『十五歳《さい》』を読み返すと思う」

返事を返すこともなく、柊《ひいらぎ》はきゅっと唇《くちびる》を噛《か》んだ。

その姿に、俺《おれ》ははっきり理解する。

俺《おれ》は今——柊《ひいらぎ》を傷つけた。

『十五歳《さい》』を評価したことで、柊《ひいらぎ》ではなくトキコに賛辞を寄せたことで、彼女《かのじょ》を苦しめた。

そうだ。俺《おれ》はどうしても人を傷つけてしまう。

不用意な言葉で、身勝手な態度で、誰《だれ》かを苦しめ悲しませてしまう。

そして、そんな俺《おれ》自身を、俺《おれ》は決して許そうとは思えない。

「——それでも」

俺《おれ》は言葉を続ける。

「俺《おれ》は……俺《おれ》には、全然足りないと思った」

柊《ひいらぎ》が、ゆっくりと顔を上げた。

つつけば感情が雪崩《なだ》れだしそうな、せき止めたものがあふれ出しそうな表情だった。

「ああいう風に、トキコがいろんなことを考えて、毎日を過ごして……やっぱりそれは、すごく共感できると思った。あいかわらず一番好きな小説だし、一番好きなヒロインだよ。……けど」

息を吸《す》い込《こ》み、俺《おれ》は柊《ひいらぎ》の目を見る。

「俺《おれ》は、トキコじゃなくって、柊《ひいらぎ》に会いたいって思ったんだ」

柊《ひいらぎ》の表情が、困惑《こんわく》に揺《ゆ》れる。

俺《おれ》の言っていることがわからない、どう受け取ればいいのかわからない。そんな表情。

「……なあ柊《ひいらぎ》。柊《ひいらぎ》は、俺《おれ》のこと鈍《にぶ》いって思ってるだろ」

ためらう様子を見せてから、柊《ひいらぎ》は小さくうなずいた。

「確かにそのとおりだと思うよ。柊《ひいらぎ》があんな風に考えてたなんて、これっぽっちも気付いてなかった。須藤《すどう》たちから見たら丸わかりだったのかも知れない。でも、俺《おれ》には本当にわからなかった。やっぱ俺《おれ》、人の気持ちがわからないや……。でもな――」

少しだけ笑ってしまいながら、柊《ひいらぎ》に告げる。

「――それは柊《ひいらぎ》も同じなんだよ」

「……どうして？」

「だって、気付いてなかったろ？　俺《おれ》が、柊《ひいらぎ》に『手助けして』って頼《たの》まれて、すごくうれしかったってこと」

「えっ……」

柊《ひいらぎ》が、目を見開く。

「……そう、だったの？」

「ああ。それに、カラオケの帰り、柊《ひいらぎ》と別れるのが嫌《いや》だったのには気付いてたか？」

「……ううん」

「初めて家に行ったときに、柊《ひいらぎ》のことがどうしようもなくきれいに見えて、目が離《はな》せなくなったのは？　須藤《すどう》と修司《しゅうじ》と柊《ひいらぎ》が仲良くなるのが、うれしいと同時に寂《さび》しかったのは？　柊《ひいらぎ》に秘密を話せて、すごく幸せだったのは？　ぶつかられて、ドキドキしてたのは気付いてた？」

——柊《ひいらぎ》の目に、こぼれそうに涙《なみだ》が揺《ゆ》らぐ。

そして——、

「その時、俺《おれ》が柊《ひいらぎ》のこと好きなんだって自覚したのは——気付いてた？」

そう言い切ると——身体《からだ》中を熱が駆《か》け抜《ぬ》けた。

心臓がめちゃくちゃなテンポで血液を送り出す。手の平から噴《ふ》き出す汗《あせ》が気持ち悪い。

興奮からか緊張《きんちょう》からか、唇《くちびる》が震《ふる》えて歯がうまく噛《か》み合わなかった。

「……うそ」

柊《ひいらぎ》は、口元に手を当ててこっちを見ている。

「あのとき……そんな……」

「そのあとだってずっとそうだ。柊《ひいらぎ》は俺《おれ》のことどう思ってるのかってずっと気になって、手を繋《つな》いだらドキドキするし、ぶつかられるとエロいこと考えちゃうし、もうどうしようもなくなってた。そういうの、全部気付いてなかっただろ」

「……で、でも、それは……わたしじゃなくて、トキコに対する気持ちで……」

「俺《おれ》もそうなんだと思ってたよ。でも、今日『十五歳《さい》』を読んで気付いたんだ。俺《おれ》は――この先の柊《ひいらぎ》が知りたいんだって。変わっていくかも知れない、トキコじゃなくなっていくかも知れない、そんな柊《ひいらぎ》のそばにいたいんだって」

そこで――我慢《がまん》ができなくなった。

両手で柊《ひいらぎ》の手をつかむと、彼女《かのじょ》はビクリと体を震《ふる》わせる。

真っ赤な顔で、俺《おれ》を見上げる。

そんな柊《ひいらぎ》に、

「好きなんだ」

俺《おれ》は、今の気持ちを、包み隠《かく》さずそのまま伝えた。

「トキコじゃなくて、俺《おれ》は今、目の前にいる柊《ひいらぎ》が好きなんだ。だから、そばにいて欲しい。変わっていくところを、見せて欲しい」

柊《ひいらぎ》の目から――一筋涙《なみだ》が溢《あふ》れた。

それをきっかけに、堤防《ていぼう》が崩壊《ほうかい》したように、両目から幾筋《いく》もの涙《なみだ》が止めどなく溢《あふ》れていく。

トキコが決して見せることのない、柊時子《ひいらぎときこ》の生の感情。

柊《ひいらぎ》は一度短く息を吐《は》き出し、Tシャツのすそで涙《なみだ》を拭《ぬぐ》う。

そして、真《ま》っ直《す》ぐ俺《おれ》を見返すと、

「……じゃあ、わたしも」

そう前置きして、小さくほほえんだ。

「……また、物語に頼《たよ》っちゃったね。しかも、わたしが自分の口でちゃんと伝えるべきことを、物語で伝えちゃった……。でも、これでズルは終わりにします。だから聞いてください」

背筋を伸《の》ばして、咳払《せきばらい》する柊《ひいらぎ》。

そして彼女《かのじょ》は、

「……細野《ほその》くんが好きです」

俺《おれ》にきちんと届く、はっきりとした声でそう言った。

「好きなだけじゃなくて、細野《ほその》くんにも、わたしを好きになってもらいたいです。トキコじゃなくて、目の前にいるわたしを、ちゃんと好きになってもらいたいの」

「……うん」

「だから……もっと、わたしを見ていてください。一番近くで、これからもずっと」

彼女《かのじょ》の手をしっかりと握《にぎ》りながら、俺《おれ》はうなずいて見せた。

「うん、そうするよ」

ぎゅっと握《にぎ》った手に、彼女《かのじょ》の体温を感じていた。

ページの向こうじゃない、今目の前にいる、柊時子《ひいらぎときこ》の体温。

離《はな》したくないと思った。俺《おれ》はこの手を――これからもずっと繋《つな》いでいたい。

――そのときだった、

「……あああー……」

ふいに、膝《ひざ》の力が抜《ぬ》けたように、柊《ひいらぎ》がその場にしゃがみ込《こ》んだ。

「お、おい！　どうしたんだよ、大丈夫《だいじょうぶ》か⁉」

「う、うん……ごめん、大丈夫《だいじょうぶ》。膝《ひざ》が震《ふる》えて、立ってられなくて……」

言われて、初めて気が付いた。

柊《ひいらぎ》が、全身を小刻みに震《ふる》わせていることに。

「はぁ……どうなるかと思った。呼び出されて、何言われるんだろうってどきどきして。こんなんじゃ、死んじゃうかもしれないって思ってた……」

「……そこまで思い詰《つ》めてたんだ」

「……全部細野《ほその》くんのせいなんだからね」

柊《ひいらぎ》は顔を上げ、恨《うら》みがましい表情で俺《おれ》を見る。

けれどその顔は——安心からか、さっきよりもずいぶん緩《ゆる》んでいるように見えた。

「細野《ほその》くんがもっとイヤな人だったら、こんな思いしなくてすんだんだから……」

「……それは申し訳なかった」

柊《ひいらぎ》は、握《にぎ》っていた俺《おれ》の手に力を込《こ》めふらふらと立ち上がる。

そして、公園の時計を見上げると、

「ああ……もうこんな時間。家飛び出たから、お母さん心配してるかも……」

「だよな、ごめん……。とりあえず、送ってくよ」

「うん、ありがとう」

手を繋《つな》いだまま、二人で歩き出す。

じっとりと汗《あせ》をかいた彼女《かのじょ》の手が、強く俺《おれ》の手を握《にぎ》っている。

見上げると、薄《うす》い月がしんしんと輝《かがや》いていて、俺《おれ》は思った。

——今ここが、俺《おれ》と柊《ひいらぎ》の物語の、プロローグなのかも知れないと。

――だから、わたしの初恋《はつこい》はエピローグのあとにはじまるのです。

（十五歳《さい》／柊《ひいらぎ》ところ著　町田文庫より）

EPILOGUE エピローグ

『——というわけでこの「十五歳《さい》」！　発売から一ヶ月経《た》った今、ジワジワと書店から人気に火が付き売り上げを伸《の》ばしはじめているんです！　そこで今日は、この作品の編集を担当された町田文庫編集者、野々村《ののむら》さんにアピールポイントをうかがいました！』

付きっぱなしのテレビの中、昼のバラエティ番組の司会を任されているアイドルが、カメラに笑顔《えがお》を振《ふ》りまきながらそう言う。

俺《おれ》はそれを片耳で聞きつつ、服についたししゃもの毛を必死でテープで取っていた。

「あーもう！　待ち合わせ五分後なのに！」

——事件が起きたのは、準備を完璧《かんぺき》にすませ家を出ようという寸前のことだった。

なにやらテンションがあがったらしいししゃもがソファから俺《おれ》に飛びつき、羽織っていた黒い上着が真っ白の毛まみれにされてしまったのだ。

このあと、いつものメンバーと会う約束があった。しかも、今回は特別ゲストあり。

柊《ひいらぎ》もいる手前、あまりひどい格好で表に出るわけにはいかない。

というわけで、俺《おれ》はガムテープを手に上着をぺたぺた撫《な》でまわすはめになったのだった。

「いいなー小説家って」

昼ご飯を食べ終えた父が、ししゃもを膝《ひざ》に載《の》せテレビに向かって言う。

「一冊当たれば一気に億万長者だろ？　それだけで働かなくてもよくなるってのはうらやましいよなー」

「あら、今はそうでもないって聞くわよ」

隣《となり》でお茶を飲んでいた母がのんきに言う。

「不景気だからねー。どこの業界も大変よ」

「でもほら、この編集者、なかなか景気のいいこと言ってるぞ」

『——今作は、もともと「十四歳《さい》」という作品の続編です。「十五歳《さい》」のヒットを受けて、「一四歳《さい》」もまた売り上げが上がりつつあります』

テレビの中で、野々村《ののむら》さんは無邪気《むじゃき》な笑《え》みを浮《う》かべてそう言っていた。

『作者の柊《ひいらぎ》先生も、今回のヒットを喜んでいまして。実は、さらに続編の構想も——』

そこまで聞いて——もうタイムリミットだ。

俺《おれ》は手に巻いていたガムテープをゴミ箱に放ると、床《ゆか》に置いてあったバッグを拾い上げる。

毛は全部取れなかったけれど、これ以上はしかたがない。

「あら、出かけるのね」

ようやくそのことに気付いたらしい、母がこちらを見た。

「何時頃《ごろ》帰ってくるの？　夕飯はいる？」

「時間はわかんない！　夕飯までには帰る！」

それだけ言うと、俺《おれ》は玄関《げんかん》に向かって走り出した。

「じゃあ、行ってきます！」

――行ってきます。

学校に行くとき以外にこのセリフを言う機会が、この数ヶ月でずいぶんと増えたように思う。

そしてそれが、今の俺《おれ》は少しだけ幸せだった。

＊

「――遅《おそ》いよー細野《ほその》！」

待ち合わせ場所の駅前に着いた。

予想どおり、すでに俺《おれ》以外のメンバーは集まっていたらしい。

笑っている柊《ひいらぎ》に、ぷりぷり怒《おこ》っている須藤《すどう》。そして修司《しゅうじ》は――隣《となり》に立つ「ある人」に、何かを話しかけていた。

「ご、ごめん遅《おそ》くなって……」

肩《かた》で息をしながら、俺《おれ》はひとまず彼《かれ》らにわびる。

「ちょっと、事故があって……家出るのが遅《おそ》くなって……」

「もっと余裕《よゆう》もって行動しなさいよー！　普段《ふだん》ならいいけど、今日はアッシーもいるんだからさ！」

「……そうだったな」

言って、俺《おれ》は体を起こす。

修司《しゅうじ》の隣《となり》に立っているのは——短めの黒髪《くろかみ》に凜々《りり》しい眉《まゆ》。

引《し》き締まった体に、意志の強そうな瞳《ひとみ》。

一見すると、体育会系の美男子にも見えてしまいそうな女子高生——芦屋花蓮《あしやかれん》だった。

中学を卒業して以来、こいつと顔を合わせるのは初めてだった。

「……よう、久しぶり」

恐《おそ》る恐《おそ》るそう言うと、

「うわー！　お前全然変わってないな！」

そう言って、芦屋《あしや》は俺《おれ》の背中をどんどんと叩《たた》いた。

「相変わらず不幸そうな面してさー！　そんなんでお前、よくこんなかわいい彼女《かのじょ》できたな！」

その声が——記憶《きおく》の中の芦屋《あしや》と。

俺《おれ》が傷つけてしまう前の芦屋《あしや》と全く変わらなくて、俺《おれ》は胸をなで下ろした。

「……まあ、いろいろあったからな」

「そうみたいだなー」

言って、芦屋《あしや》は俺《おれ》と柊《ひいらぎ》を見比べる。

「まあでも……なんかわかる気がするよ。細野《ほその》はこういう、いい彼女《かのじょ》を見つけそうな気がする。

あ、あとちなみに、私も高校入って彼氏《かれし》できたんで……！」

自慢《じまん》げにそう言う芦屋《あしや》。須藤《すどう》がそこにすごいテンションでカットインしてくる。

「画像見たけど、すごいイケメンだったよ！　うらやましい！　私も恋《こい》したいー！」

「はいはい、そこら辺でストップ！」

成り行きを見守っていた修司《しゅうじ》が、苦笑いでそう切り出した。

「今日はたっぷり時間あるからさ、話はファミレスとかで存分にしよう！」

「はーい」

「相変わらず広尾《ひろお》は優等生だなー」

ぶつぶつ言いながら、俺《おれ》たちは移動をはじめた。

＊

「──芦屋《あしや》さん、面白《おもしろ》い人だったね」

その日の帰り道。

柊《ひいらぎ》を家まで送る途中《とちゅう》、彼女《かのじょ》はぽつりとこぼすようにそう言った。

夕日の差す住宅街。夏が過ぎしばらく経《た》ち、空気は完全に秋のそれだったけれど、繋《つな》いだ右手には柊《ひいらぎ》の熱を感じた。

「しかも、面白《おもしろ》いマンガたくさん知ってるし。おすすめされたのも、読むのすごく楽しみ……」

意外なことに、芦屋《あしや》と柊《ひいらぎ》はずいぶんと意気投合した様子だった。

見た目も性格も真逆なのに、内面の乙女《おとめ》な一面が似通っていたらしい。好みのマンガの話で、二人だけでずいぶんと盛り上がっていた。

……まあ、流れで俺《おれ》たちの「現状」まで話してしまい「まだちゅーもしてないの⁉　さっさとしろよ小学生じゃないんだし！」なんて説教をされたのは、さすがに遺憾《いかん》の極《きわ》みだったけれど。

「またみんなで遊びに行きたいな……。わたしから、誘《さそ》ってみようかな……」

——本当に、柊《ひいらぎ》は変わったなと思う。

周りの誰《だれ》も寄せ付けず、一人孤独《こどく》に本を読んでいた柊《ひいらぎ》。

それが今は、初対面の人間と何時間も話ができるまでになった。

そしてそのことを——俺《おれ》はうれしく思う。

これから、そうやって変わっていく柊《ひいらぎ》を見ていたいと思う。新しい彼女《かのじょ》の魅力《みりょく》を、誰《だれ》よりも先に見つけたいと思う。

「……ああ、そうだ」

と、柊《ひいらぎ》はふと思い出した顔になり、

「お姉ちゃんから、大事な伝言をお願いされてるんだった」

「……お、なんだよ」

あれからも、柊《ひいらぎ》ところとは何度か顔を合わせていた。

「十五歳《さい》」の出版ＯＫの意思を伝えた際や、その後 柊《ひいらぎ》家で行われた出版記念の小さなパーティの際に。

けれど……大事な伝言とはなんだろう。

なんだか妙《みょう》な胸騒《むなさわ》ぎがして、俺《おれ》は思わず身構えた。

「あのね……『十五歳《さい》』、すごく評判がいいんだけど、トキコの相手の男子、仮にアキラくんとして、そのアキラくんの側から見た今回の話を読んでみたいっていう意見が多いんだって」

「……おおう、マジかよ」

「確かに、そっちから見た今回のことも、物語になりそうだよね……。で、お姉ちゃん、結構それに乗り気になってて」

言うと、柊《ひいらぎ》は笑《え》みを浮《う》かべると、俺《おれ》の顔をのぞき込《こ》み、

「――今度、細野《ほその》くんを徹底《てってい》取材したいんだけど、協力してくれないか、だって」

「……そういうことかー」

思わず、膝《ひざ》から崩《くず》れ落ちそうになった。

ようやくこれで、俺《おれ》と柊《ひいらぎ》を巡《めぐ》る「物語のお話」は一段落かと思ったけれど、そういうわけに

はいかないらしい。

「……まあ、協力はするよ。でも、ある程度限度はわきまえて欲しいけどな」

あの人のことだ、言いたくないことまで根掘《ほ》り葉掘《ほ》り聞かれてしまいそうだ。

小説になるのはかまわないけれど、あまりすべて丸裸《まるはだか》にされてしまうのは怖《こわ》かった。

「それは、大丈夫《だいじょうぶ》だよ」

柊《ひいらぎ》はそう言って笑う。

「そうなったときは、ちゃんとわたしが止めるから」

「……ありがとう、期待してるよ」

顔に自信をのぞかせ、うなずく柊《ひいらぎ》。

そうしているうちに、彼女《かのじょ》の家の前に着いた。玄関《げんかん》の前に立ち、柊《ひいらぎ》はこちらを振《ふ》り返る。

「じゃあ、また明日ね」

「おう、また明日」

いつものように言い合ってから、俺《おれ》はふと思った。

小さくほほえみ、俺《おれ》を見ている柊《ひいらぎ》。

こちらをのぞき込《こ》む切れ長の目。石鹸《せっけん》のように白く、きめの細かい肌《はだ》。

そして、クリームで自然に潤《うるお》った薄《うす》い唇《くちびる》――。

もしも、今。

今この場所で、俺《おれ》がふいに二人の関係を進めたら——柊《ひいらぎ》はどんな顔をするだろう。
そう思うと、もう止められなかった。
知りたい気持ちが膨《ふく》らんで、柊《ひいらぎ》から目を離《はな》せない。
手を取ると、柊《ひいらぎ》は不思議そうに首をかしげる。
俺《おれ》は一度深呼吸をすると、彼女《かのじょ》に少しずつ顔を近づけていった——。

あとがき

　このお話を最初に書きはじめたのは、データを確認すると……2010年の秋頃《ごろ》のようですね。もう七年ちかく前のことになるのか。

　どうも、岬鷺宮《みさきさぎのみや》です。

　ちなみに、冒頭《ぼうとう》の言葉にはちょっと嘘《うそ》があって、このお話の元となるプロトタイプを書きはじめたのがその日付であるようです。設定、話の流れはおおむね現在のものと変わらないので、まあ同一の作品と言えなくもないんじゃないかな……。

　その作品はその後、第一八回電撃《でんげき》小説大賞に応募《おうぼ》され、見事一次審査《しんさ》落ちを決めるのですが、デビュー後にこうして本にできたのだから不思議なものです……。

　ただ、読み返してみると当時の原稿《げんこう》は本当にクオリティがあれなので、落ちたのも納得《なっとく》なのですけどね……。

　当時との設定の違《ちが》いとして一番目に付くのは、当時はヒロインの名前が「千代田百瀬《ちよだももせ》」だったことですね。その後、自分の中で「千代田百瀬《ちよだももせ》ブーム」が起こり、一年ほどに亘《わた》って書く作品のヒロインすべてに「千代田百瀬《ちよだももせ》」と名付け、そのブームは第一九回電撃《でんげき》小説大賞にて「失恋探偵《しつれんたんてい》ももせ」で賞を頂いたことで終了《しゅうりょう》したのでした。

そう考えると、なかなかに自分にとって記念碑《きねんひ》的な作品であるなと思います。百瀬《ももせ》シリーズ第一号なのですね、この作品は。失恋探偵《しつれんたんてい》の方を読んでくださった方には、キャラ的にも柊《ひいらぎ》と百瀬《ももせ》が近いのがおわかりいただけると思います。

それからですね、ちょっと今作は、これまでと違《ちが》う感じの作り方をしてみました。

「とにかく、自分が読みたい作品を書いてみる」

それが、今回のテーマだったのです。

もちろん、これまでの作品も「これ僕《ぼく》読みたい！」と思う作品だったのですが、そこにこう、市場の様子とか担当編集氏のアドバイスとかそういうのを取り込《こ》んで、自分なりにバランスを見ながら作っていたんですね。

けれど、今作においてはそういうのは意図的にスルー。

わがままにも、完全に「自分の好み」のみで作ってみました。Ｈｉｔｅｎさんにイラストをお願いしたのも、僕《ぼく》自身が「この作品はどうしてもお願いしたい！」と思ったからです。

そういったわけで、どうでしたでしょうか？「読者と（中略）これから」。お楽しみいただけたでしょうか？　いいじゃん。と思って下さった方、きっとあなたは僕《ぼく》の同志だ……！

というわけで、お読みいただきありがとうございました！

また次作でお会いできることを楽しみにしています！

岬《みさき》　鷺宮《さぎのみや》

◉岬 鷺宮著作リスト

「失恋探偵ももせ」（電撃文庫）
「失恋探偵ももせ2」（同）
「失恋探偵ももせ3」（同）
「大正空想魔術夜話 墜落乙女ジェノサヰド」（同）
「魔導書作家になろう！ ∨ではダンジョンへ取材に行きますか？（はい／いいえ）」（同）
「魔導書作家になろう！2 ∨ならば魔王の誘いに乗っちゃいますか？（はい／いいえ）」（同）
「魔導書作家になろう！3 ∨それでもみんなで世界を救いますか？（はい／いいえ）」（同）
「読者《ぼく》と主人公《かのじょ》と二人のこれから」（同）
「失恋探偵の調査ノート～放課後の探偵と迷える見習い助手～」（メディアワークス文庫）
「放送中です！にしおぎ街角ラジオ」（同）
「踊り場姫コンチェルト」（同）

本書に対するご意見、ご感想をお寄せください。

電撃文庫公式ホームページ 読者アンケートフォーム
http://dengekibunko.jp/
※メニューの「読者アンケート」よりお進みください。

ファンレターあて先
〒102-8584　東京都千代田区富士見1-8-19
アスキー・メディアワークス電撃文庫編集部
「岬　鷺宮先生」係
「Hiten先生」係

本書は書き下ろしです。

電撃文庫

読者《ぼく》と主人公《かのじょ》と二人《ふたり》のこれから

岬《みさき》 鷺宮《さぎのみや》

2017年4月8日　初版発行

発行者　塚田正晃
発行　株式会社KADOKAWA
〒102-8177　東京都千代田区富士見2-13-3
プロデュース　アスキー・メディアワークス
〒102-8584　東京都千代田区富士見1-8-19
03-5216-8399（編集）
03-3238-1854（営業）
装丁者　荻窪裕司（META＋MANIERA)
印刷・製本　旭印刷株式会社

ISBN978-4-04-892603-4　C0193　Printed in Japan

電撃文庫　http://dengekibunko.jp/
株式会社KADOKAWA　http://www.kadokawa.co.jp/

電撃文庫創刊に際して

文庫は、我が国にとどまらず、世界の書籍の流れのなかで〝小さな巨人〟としての地位を築いてきた。古今東西の名著を、廉価で手に入りやすい形で提供してきたからこそ、人は文庫を自分の師として、また青春の想い出として、語りついできたのである。

その源を、文化的にはドイツのレクラム文庫に求めるにせよ、規模の上でイギリスのペンギンブックスに求めるにせよ、いま文庫は知識人の層の多様化に従って、ますますその意義を大きくしていると言ってよい。

文庫出版の意味するものは、激動の現代のみならず将来にわたって、大きくなることはあっても、小さくなることはないだろう。

「電撃文庫」は、そのように多様化した対象に応え、歴史に耐えうる作品を収録するのはもちろん、新しい世紀を迎えるにあたって、既成の枠をこえる新鮮で強烈なアイ・オープナーたりたい。

その特異さ故に、この存在は、かつて文庫がはじめて出版世界に登場したときと、同じ戸惑いを読書人に与えるかもしれない。

しかし、〈Changing Times,Changing Publishing〉時代は変わって、出版も変わる。時を重ねるなかで、精神の糧として、心の一隅を占めるものとして、次なる文化の担い手の若者たちに確かな評価を得られると信じて、ここに「電撃文庫」を出版する。

1993年6月10日
角川歴彦

電撃文庫DIGEST　4月の新刊

発売日2017年4月10日

ゼロから始める魔法の書IX
—ゼロの傭兵<上>—

【著】虎走かける　【イラスト】しずまよしのり

北のノックス大聖堂にたどり着いた傭兵たちを待ち受けていたのは、救うべき"代行様"に関する真実だった。そして、つかの間の平穏を楽しむ傭兵にゼロが告げたのは——。

Fate/strange Fake④

【著】成田良悟【イラスト】森井しづき【原作】TYPE-MOON

ついに出そろった英霊達の手によって、街は静かに、しかし確実に蝕まれていく。神も魔も信じぬ兵士は狂信者と相対し、神を憎む英霊の前には『女神』を名乗る女が現れ——。

俺を好きなのはお前だけかよ⑤

【著】駱駝　【イラスト】ブリキ

イヤミな毒舌家で萎え萎え地味眼鏡なパンジーだが、あいつの『呪い』は俺が解く。あいつが頼れるのは俺だけだから。ま、ちょっくら最強野郎をボコってくるわ。

ヘヴィーオブジェクト 北欧禁猟区シンデレラストーリー

【著】鎌池和馬　【イラスト】凪良

北欧禁猟区に墜落したエースパイロット、マリーディ。敵地に一人取り残され、降りかかるのは更なる陰謀。そんな彼女がコンビを組むのは、マリーディと正反対の巨乳メガネ女で……？

OBSTACLEシリーズ 激突のヘクセンナハトIV

【著】川上 稔　【イラスト】さとやす(TENKY)

母と娘、姉と妹——全ての因縁に決着をつけるため、各務と堀之内、そして仲間達は【黒の魔女】との決戦に臨む。川上稔が贈るクロスメディア企画、堂々完結!

魔人執行官《デモーニック・マーシャル》2
リベル・エンジェル

【著】佐島 勤　【イラスト】キヌガサ雄一

天使討伐をする『魔人』の青年が、ある日少女を救った。彼女は『魔法少女』となり、共に世界を守ることになった。次なる『人類の敵』は同族喰らいの堕天使!

いでおろーぐ! 6

【著】椎田十三　【イラスト】憂姫はぐれ

この闘争に終わりはない!　反恋愛主義青年同盟部の活動はリア充の巣窟・遊園地へ、そして異世界に転生!?　革命的内容に満ちたアンチラブコメ、第6弾登場!

エルフ嫁と始める異世界領主生活4
—そんな観光地で大丈夫か?　問題……しかない!?—

【著】鷲宮だいじん　【イラスト】Nardack

夏休みも終わり学校へ!　休み明け最初のイベントは"臨海学校"……って、行き先は異世界・リリガルド!?　そんなわけで今度は観光振興にはげみます!!

オオカミさんとハッピーエンドのあとのおはなし

【著】沖田 雅　【イラスト】zpolice

おおかみさん、亮士くん、りんごさんをはじめ愉快な仲間たち勢揃いのアフターストーリー。バレンタインなドタバタもあり、いったいどうなることやらな完結巻!

新作　ニアデッドNo.7

【著】九岡 望　【イラスト】吟

それは、生と死の間に立つ者たちの名。人知れず夜を駆け、闇を葬る者たちの名。"境死者(ニアデッド)"。その『No.7(ナンバーセブン)』を冠した少年の、死と誕生の物語が幕を開ける——。

新作　読者《ぼく》と主人公《かのじょ》と二人のこれから

【著】岬 鷺宮　【イラスト】Hiten

この物語さえあれば、生きていける。そう思っていた俺の前に現れたのは、物語の中にいたはずの「トキコ」だった。奇妙に絡まる二人の想い。その物語の、結末は——。

新作　剣と魔法と裁判所

【著】蘇之一行　【イラスト】ゆーげん

満員ダンジョンの痴漢疑惑に、武器屋の脱税、はては魔法使いによる密室殺人。論破不能な難事件に挑むのは、捏造、脅迫何でもアリ。無敗の悪徳弁護士キールで!?

新作　アイドル稼業、はじめました!

【著】岩関昂道　【イラスト】こうましろ

偶然出会って恋した相手が女優だと知った少年は、自らも芸能界へ飛び込む。しかし1年後、彼は女性アイドルグループのメンバーとして華やかなステージで踊っていた——ふぁっ!?

魂が震える
壮大なる本格ファンタジー戦記！
戦争嫌いで
怠け者で
女好き。
そんな少年イクタが、
のちに名将とまで
呼ばれる軍人になろうとは、
このときは誰も
予想していなかった——。
宇野朴人 …Uno Bokuto
…Illustration 竜徹
キャラクター原案 さんば挿
絶賛
発売中
ねじ巻き精霊戦記
天鏡のアルデラミン
Alderamin on the Sky
電撃文庫

第23回電撃小説大賞《大賞》受賞作!!
最終選考委員・編集部一同を唸らせた
エンターテイメントノベルの
真・決定版!
[EIGHTY SIX]
86
—エイティシックス—
The dead aren't in the field.
But they died there.
[著]
安里アサト
[イラスト]
しらび
[メカニックデザイン] I-IV
The number is the land which isn't
admitted in the country.
And they're also boys and girls
from the land.
ASATO ASATO PRESENTS
Illustration/Shirabi Mechanical Design I-IV
電撃文庫

奴隷の少女と孤独な賭博師。
不器用な二人の痛ましく、愛おしい生活。

十八世紀末、ロンドン。

賭場での失敗から、手に余る大金を得てしまった若き賭博師ラザルスが、仕方なく購入させられた商品。

――それは、奴隷の少女だった。

喉を焼かれ声を失い、感情を失い、どんな扱いを受けようが決して逆らうことなく、主人の性的な欲求を満たすためだけに調教された少女リーラ。

そんなリーラを放り出すわけにもいかず、ラザルスは教育を施しながら彼女をメイドとして雇うことに。慣れない触れ合いに戸惑いながらも、二人は次第に想いを通わせていくが……。

やがて訪れるのは、二人を引き裂く悲劇。そして男は奴隷の少女を護るため、一世一代のギャンブルに挑む。

女児向けアイドルアーケードゲーム「キラプリ」に情熱を注ぐ、高校生・黒崎翔吾。親子連れに白い目を向けられながらも、彼が努力の末に勝ち取った地元トップランカーの座は、突如現れた小学生・新島千鶴に奪われてしまう。
「俺の庭を荒らしやがって」
「なにか文句ある?」

街に一台だけ設置された筐体のプレイ権を賭けて対立する翔吾と千鶴。そんな二人に最大の試練が。今度のイベントは「おともだち」が鍵を握る……!?
クリスマス限定アイテムを巡って巻き起こる、俺と幼女先輩の激レアラブコメ!

電撃文庫

空と海に囲まれた町で、
僕と彼女の
恋にまつわる物語が
始まる。
青春ブタ野郎
シリーズ
鴨志田一
イラスト●溝口ケージ
図書館で遭遇した野生のバニーガールは、高校の上級生にして活動休止中の
人気タレント桜島麻衣先輩でした。『さくら荘のペットな彼女』の名コンビが贈る、
フツーな僕らのフシギ系青春ストーリー。
電撃文庫

全ての恋愛は幻想である!?
リア充爆発アンチラブコメ!
「恋愛を放棄せよ!　すべての恋愛感情は幻想である!」そんな彼女の演説に感銘を受けた平凡な高校生・高砂は、彼女・領家薫が議長を務める“反恋愛主義青年同盟部”の活動に参加するが――。
いでおろーぐ!
ideologue!
第21回電撃小説大賞
銀賞
椎田十三
イラスト◆憂姫はぐれ
電撃文庫

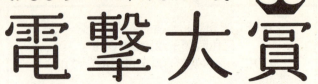